KB102021

TOUCHED
TO DIED

건들면
죽는다

FUSION FANTASTIC STORY
다크홀릭 퓨전 판타지 소설

건들면 죽는다 8

다크홀릭 퓨전 판타지 소설

초판 1쇄 찍은 날 § 2014년 12월 12일
초판 1쇄 펴낸 날 § 2014년 12월 19일

지은이 § 다크홀릭
펴낸이 § 서경석

편집부장 § 권태완
편집책임 § 박용서

펴낸곳 § 도서출판 청어람
등록번호 § 제387-1999-000006호
등록일자 § 1999. 5. 31
어람번호 § 제1-1851호

주소 § 경기도 부천시 원미구 심곡2동 163-2 서경B/D 3F (우) 420-822
전화 § 032-656-4452팩스 § 032-656-4453
http://www.chungeoram.com
E-mail § chungeorambook@daum.net

ISBN 979-11-316-9055-0 04810
ISBN 978-89-251-3509-0 (세트)

TOUCHED
TO DIED

건드리면
죽는다

FUSION FANTASTIC STORY

다크홀릭 퓨전 판타지 소설

CONTENTS

제1장	동마탑(東魔塔)	7
제2장	마탑의 시험	33
제3장	대전사(代戰士)	51
제4장	승부	69
제5장	굴복	87
제6장	테른을 얻다	113
제7장	루카스	131
제8장	바보 같은 오해	157
제9장	응징의 서막을 열다	175
제10장	카츠엘 자작	203
제11장	돌발 시합	227
제12장	진정한 강자	247
제13장	테우신 영지	273

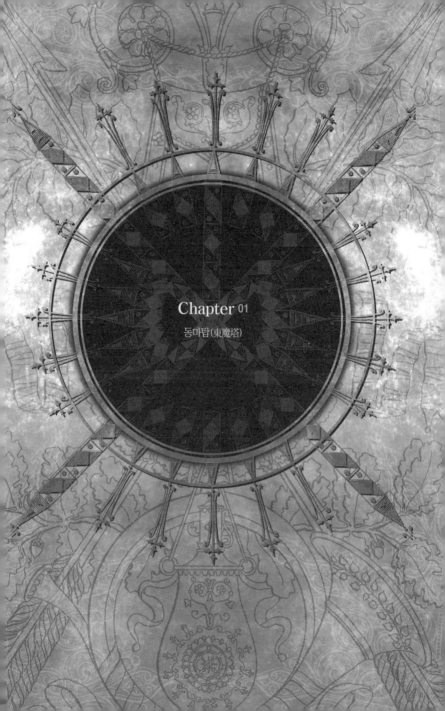

Chapter 01

동마탑(東魔塔)

건들면 죽는다

1

슈우우욱~~!

마치 유성처럼 까마득한 허공에서 뚝 떨어지는 물체가 있었다.

그 물체는 어찌나 빨랐는지 이대로 땅으로 곤두박질치면 산산조각이 날 것처럼 보였다.

멈칫… 스르르…

그러나 놀랍게도 그것은 땅과의 거리를 겨우 5미터쯤 남겨놓고 속도를 뚝 떨어뜨리더니 이번에는 깃털처럼 살포시 내려오는 것 아닌가.

척!

"다 왔네."

"……."

"이보게, 멀린! 다 왔다니까!"

유성이 아닐까 싶었던 그 물체는 알고 보니 숀과 그의 품에 안겨 있는 멀린이었다.

그랬다.

숀은 지금 멀린을 안은 채 엄청난 거리를 날아왔던 것이다. 그래서인지 6서클의 대마법사 멀린은 입가에 침까지 흘리며 기절해 있었다.

철썩 철썩~!

"으으… 으헉! 주, 주군! 여, 여기가 어디입니까?"

그는 숀이 귀싸대기를 갈기며 깨우자 그때서야 화들짝 놀라며 겨우 정신을 차리기 시작했다.

사실 이건 그가 겁이 나서 기절해 있었던 것이 아니라 숀이 그의 수혈을 짚어놓았다가 방금 해혈을 시켜주었기에 일어난 일이라고 할 수 있었다.

해혈 방법이 너무 과격하다는 것이 좀 수상하긴 했지만.

"블루손 마을 입구지 어디겠어?"

"네에? 벌, 벌써 블루손 마을이라고요? 맙소사!"

렌탈 영지에서부터 이곳까지의 거리는 무려 500킬로미터나 된다. 뛰어난 명마로 열심히 달려도 족히 이틀 이상은 걸릴 정도로 멀다고 할 수 있었다.

멀린은 손이 자신을 안아들 때 해가 중천에 떠 있었던 것을 기억하는데 아직도 해의 위치는 거의 비슷하지 않은가.

그 말은 시간이 흘러봤자 두어 시간 이내라는 것을 뜻했다. 그러니 기가 막힐 수밖에.

"자자, 감탄은 나중에 하기로 하고 어서 마을로 들어가 마차나 구해보자고. 여기서부터 마탑까지는 마차로 가도 금방이라며?"

"맞습니다. 이곳부터는 마차로 한 시간이면 충분합니다."

"그럼 어서 가자고."

"네!"

두 사람의 목적지는 마탑인 듯싶었다.

그들이 중요한 상황을 목전에 두고 마탑에 가는 이유는 한 가지였다.

바로 무려 6서클에 올라선 멀린에게 그에 걸맞은 마법을 배우게 하기 위해서다.

손의 도움 덕분으로 서클은 놀라울 만큼 발전시켰지만

멀린은 아직 그 능력을 극대화해서 발휘할 수가 없었다.

5서클 마스터와 6서클 유저가 쓸 수 있는 가장 강력한 마법을 배우지 못했기 때문이다.

아무리 숀이라고 해도 마법을 가르쳐 줄 수는 없는 노릇. 결국 숀은 전쟁을 시작하기 전 멀린의 마법을 보다 완전하게 만들기 위해 마탑행을 결정했던 것이다.

두두두두…

"이쪽은 렌탈 영지에 비해 훨씬 따뜻한 것 같군. 겨우 500킬로미터밖에 떨어지지 않았는데도 말이야."

"그건 이 지역이 분지라서 그럴 것입니다. 아무래도 차가운 바람을 주변 산들이 막아주고 있어서 덜 추운 것이겠지요."

마차가 달리는 동안 두 사람은 이런저런 잡담을 나누기 시작했다.

"흐음, 그렇군. 참, 그런데 이제 슬슬 말해보게. 진짜로 그 마탑주만 이기면 자네가 공짜로 마법을 배울 수 있게 되는 건가?"

"그렇습니다. 하지만 일반 마법사나 기사들에게 그건 거의 불가능에 가까운 이야기입니다. 기본적으로 이곳 마탑의 탑주만 해도 무려 6서클 마스터의 마법사입니다. 대륙을 통틀어 마법 실력으로만 따진다면 서열 2위에 해당하는 막강한 능력자이지요. 말이 그렇지 6서클 마스터면 반경 50미터 이내를 초토화시킬 수 있는 강력한 광역 마법을 사용할 수 있습니다. 그것도 몇 번이나요. 아무리 속도가 빠른 기사라고 해도 순식간에 그 범위를 벗어날 수 없는 한 그대로 박살 날 수밖에 없습니다. 그러니 누가 감히 덤비려고 하겠습니까?'

소드 마스터라고 해도 50미터를 순식간에 이동할 수는 없다.

실제로 6서클 마스터급의 마법사라면 소드 마스터 초급 실력자와 거의 비등한 수준이라고 할 수 있었다.

대륙에 존재하고 있는 소드 마스터는 모두 이십 명으로 알려져 있다. 그 가운데 열세 명 정도는 입문 단계이고 나머지 일곱 명 가운데 여섯 명이 초급의 실력자다. 나머지 한 명은 현존하는 기사들 가운데 최강자로 일컬어지는 사람이었는데, 그만이 유일하게 소드 마스터 중급에 도달하였다고 한다.

멀린은 이야기를 하면서 속으로 여기까지 생각하다가 세차게 고개를 흔들고 말았다. 아무리 손이 강하다고 하나 과연 이곳 마탑주를 이길 수 있을지 문득 커다란 회의감이 든 탓이다.

'7서클 유저이자 인간의 한계를 벗어난 것으로 알려진

대마법사 하이르스토 님과 무적의 기사 잭 칼츠 님을 제외하고는 그를 이길 수 있는 사람이 없었다. 소드 마스터 초급자들까지는 비등하다고 할 수 있으니… 하지만 비기는 것만으로는 마법을 배울 수 없지 않은가. 과연 주인께서는 소드 마스터 초급 이상의 실력을 가지고 계실까? 휴우… 어렵구나. 어려워…….'

숀이 지난번 크롤 영지군과의 전투에서 놀라운 무위를 보여준 것은 사실이지만 그렇다고 아주 놀라운 실력을 발휘한 것은 아니었다.

단지 그 누구보다 강력한 수준의 검술을 보여주면서 교묘한 심리 전술을 집어넣었기에 다들 지레 겁을 집어먹고 항복했을 뿐이다.

다른 사람은 몰라도 멀린은 그 점을 잘 알고 있었다.

물론 숀이 자신의 마나를 단숨에 증진시켜 주는 기적과 같은 능력을 가지고 있기는 했지만 그것과 전투력은 또 별개의 문제였다.

그리고 무엇보다 사람은 자신이 직접 보지 못한 일에는 백 퍼센트 확신을 하기 힘든 법이다.

이번처럼 싸워야 할 상대가 대륙 전체에서도 최강자로 손꼽히는 무시무시한 마법사라면 더욱 더 말이다.

"휴우……."

"대체 무슨 생각을 하고 있기에 한숨까지 내쉬고 그러나?"

고민이 커져서 그런지 멀린은 자신도 모르게 한숨까지 내쉬었다. 그게 손의 신경을 살짝 건드렸다.

"걱정이 되어서 저도 모르게 그만 실수를 했습니다. 죄송합니다."

"무슨 걱정인데?"

멀린이 한숨을 쉬는 순간 손은 이미 그의 고민을 눈치챘지만 일부러 더 이렇게 물어보았다. 그의 마음이 궁금했기 때문이다.

"이곳 동마탑의 탑주 말입니다."

"응."

"제가 지금 가만히 따져 보니 대륙을 통틀어 가장 강하다는 열 명 안에 들어 있는 사람입니다. 사람들은 그들을 두고 대륙십초인(大陸十超人)이라고 부르며 신처럼 경외할 정도이지요."

"대륙십초인? 그거 아주 흥미롭군. 그들에 대해 좀 더 자세히 설명해 보게."

멀린의 말에 손은 강한 호기심을 느꼈는지 그의 곁으로 바짝 다가가며 이렇게 말했다.

그렇지 않아도 적수가 없어 고독했던 참인데 혹시라도

싸울 만한 사람이 있지 않을까 하는 기대심이 들기도 했을 터였다.

"대륙에는 총 스무 명의 소드 마스터가 있습니다. 그 가운데 초급 이상의 실력을 가지고 있는 사람은 모두 일곱 명입니다. 그들만이 동마탑주와 겨룰 만하지요. 그리고 마법사 가운데 6서클 마스터 이상의 실력자는 그를 포함해 남마탑주와 중앙 마탑주 이렇게 모두 세 명뿐입니다. 그들을 모두 합치면 정확히 열 명이거든요. 바로 대륙십초인이지요."

"그럼 가장 강한 사람은 누구인가?"

"그건 정확히 모릅니다. 대마법사님과 제국에 존재하고 있는 무적의 기사, 단둘만이 최고로 손꼽히고 있기는 하지만 두 사람이 직접 승부를 겨루어본 적은 없거든요. 그랬기에 사람들은 둘을 동급으로 생각하고 있습니다. 저도 그렇고요."

"그 두 사람의 이름은 모르는가?"

여기까지 듣던 숀은 괜히 심장이 두근거렸다.

최강자들이라면 그래도 싸워볼 만할 것 같았다.

자신이 질 일은 없었지만 최소한 한심한 수준은 아닐 거라고 믿고 싶었다. 그랬기에 이름까지 물어보았던 것이다.

"대마법사님은 하이르스토이고 무적의 기사는 잭 칼츠입니다. 하이르스토 님은 중앙 마탑의 주인이시고 잭 칼츠 님은 티세스 제국의 공작이자 불멸의 기사단 단주로 알려져 있습니다."

"하이르스토와 잭 칼츠라… 후후……."

이름을 듣자마자 손의 얼굴에 기이한 미소가 떠올랐다.

이상하게도 멀린은 그 미소를 보는 순간 내내 불안했던 마음이 순식간에 가라앉는 것을 느꼈다.

'아무리 가까이에서 연구를 해보아도 그 끝을 알 수 없는 분이 바로 나의 주군이시다. 그래, 이분이라면… 혹시 일이 잘못되어 죽는다 해도 웃을 수 있을 것 같아. 후우…….'

멀린이 속으로 이런 생각을 하고 있을 때 마부가 큰 목소리로 외쳤다.

"도착했습니다요!"

2

마탑 안으로 들어가는 절차는 의외로 간단했다.

정문을 지키는 마법사가 용케 멀린을 알아보았기 때문이다.

"자, 이쪽으로 따라오십시오. 마탑주님을 만나려면 일 층부터 시험을 거쳐야 하니 정식으로 접수부터 해야 하거든요."

"고맙네, 테른 마법사."

"별말씀을요. 예전에 멀린 마법사님께서 저에게 베풀어주신 은혜에 비하면 이건 그야말로 새 발의 피도 되지 않는걸요."

정문에서 만난 그 마법사는 이름이 테른이었는데, 나이가 대략 이십 대 초반쯤으로 보였다.

그는 멀린에게 신세를 진 것이 있었던지 몹시도 공손하게 안내를 해주고 있었다.

'흐음… 역시 멀린은 근본이 나쁜 사람이 아니었어. 그때 수하로 거두기를 잘한 거 같군.'

숀은 그런 모습을 지켜보며 흐뭇한 마음이 들었다.

처음 멀린이 자신에게 거짓말을 하고 뒤통수를 쳤을 때만 해도 죽일 것까지 고민했던 그다.

하지만 과거의 잘못을 되풀이하기 싫었기에 참을 수 있었고 신기한 마법을 경험하면서 수하로 삼을 생각을 할 수 있었던 것이다. 참으로 다행스러운 일이었다.

"여기서 잠시만 기다리고 계십시오. 제가 안으로 들어가서 대신 접수하고 오겠습니다. 참, 옆에 계신 분은 멀린 마법사님과 어떤 관계라고 보고해야 할까요?"

"오늘 나를 위해 싸워주실 분이야."

"아, 그럼 혹시 상급 마법을 배우기 위해 오신 겁니까?"

"그렇다네."

테른도 마법사라 그런지 멀린의 한마디만 듣고도 그가 왜 마탑에 온 것인지 그 이유를 단번에 알아차렸다.

하긴 기사가 마탑 안까지 들어와 싸우는 경우는 한 가지밖에 없었으니 당연한 일이었겠지만.

"와우~ 정말 축하드립니다. 그럼 드디어 현자의 경지에 입문하신 겁니까?"

"허허… 그건 나중에 두고 보면 알걸세."

5서클에 접어들었을 때만이 현자라는 칭호를 들을 수 있다.

결국 테른은 멀린이 4서클의 벽을 깨고 간신히 5서클에 올라선 것이라고 오해하고 있었다.

그러나 멀린은 정확한 대답을 해주지 않았다. 그가 테른을 스캔 해본 결과 그는 아직도 5년째 2서클에 머물러 있었기 때문이다.

그런 그에게 헤어진 지 겨우 5년 만에 무려 6서클까지 올라섰다는 말을 하게 되면 크게 낙심할 것 아니겠는가. 일종의 배려심이었다.

"하긴 제가 감히 멀린 마법사님의 성취를 두고 왈가왈부

할 처지는 아니지요. 알겠습니다. 일단 그렇게 접수하겠습니다."

"그렇게 하게."

테른이 마탑 1층에 있는 사무실 안으로 들어가자 멀린이 손을 바라보며 다시 입을 열었다.

"현재 대륙에 있는 마탑은 모두 다섯 개입니다. 이곳 동마탑을 제외하고 서, 남, 북, 그리고 중앙에 각기 하나씩 있는 것이지요. 여기서 한 가지 주목해야 하는 것은 마탑의 높이입니다. 여기가 몇 층 건물인지 아시겠습니까?"

"들어오기 전에 슬쩍 세어보니 6층이나 되더군. 과연 일류 마법사들이 모여 있는 곳이라 그런지 놀라운 건축물인 것 같아 보이네. 귀족들도 이렇게 높은 건물을 짓기는 힘들 텐데……."

아직 이 시대의 건축법으로는 고층 건물을 짓기가 쉽지 않았다. 돈이 많은 상인이나 귀족들도 2층 이상의 건물을 짓는 경우가 거의 없을 정도다.

그런데 마탑은 무려 6층까지 올라가 있으니 손이 감탄할 만도 했다.

"잘 보셨습니다. 이곳 말고 서, 남, 북에 있는 마탑들도 모두 6층으로 이루어져 있습니다. 하지만 중앙 마탑은 다릅니다."

"어떻게 다른데?"

"그곳만 유일하게 9층으로 이루어져 있거든요. 아마 대륙 전체에서 가장 높은 건물일 것입니다."

"가만, 어째서 중앙 마탑만 그렇게 높게 지은 거지? 다른 마탑은 돈이 없나?"

멀린의 설명을 듣던 손이 이런 질문을 던졌다. 뭔가 이상했던 모양이다.

"어느 마탑이든 돈은 충분합니다. 단지 마탑의 높이를 결정하는 기준이 있기 때문에 6층에 머물러 있는 것뿐이지요. 그 기준은 바로 각각의 마탑 내에서 가장 실력이 높은 사람의 서클에 있습니다. 현재 동, 서, 남, 북 네 개의 마탑은 모두 6서클 상급이거나 아니면 6서클 마스터 마법사가 탑주를 맡고 있습니다. 최고 마법사 수준이 6서클이라는 말이지요. 하지만 중앙 마탑의 탑주는 대륙에서 유일하게 7서클에 도달한 사람입니다."

"무슨 말인지는 알겠는데 그 논리대로라면 중앙 마탑의 높이는 7층이 되어야 하는 것 아닌가?"

"거기에는 이유가 있습니다. 인간이 도달할 수 있는 최고의 경지가 7서클입니다. 한마디로 중앙 마탑주는 완전한 경지에 도달했다고 할 수 있는 것이지요. 그렇기 때문에 그것을 상징하기 위해 9층으로 올린 것입니다. 9가 완전을 뜻하는 숫자 아닙니까?"

"큭, 그것 참 복잡하네. 재미있기도 하고 말이야."

슌의 입장에서 볼 때는 그야말로 아이들 장난 같았지만 멀린은 꽤나 경건한 표정을 짓고 있었다.

그가 뼛속까지 마법사임을 보여주는 모습이다.

"다 되었습니다. 그럼 이제 1층 시험장으로 가시면 됩니다. 지금 멀린 마법사님의 수준이 어느 정도인지는 모르겠지만 마법을 배우기 위해 탑주님을 만나시려면 그 서클에 해당하는 층까지 먼저 시험에 통과해야 할 것입니다. 그건 알고 계시죠?"

"물론이네. 내가 지니고 있는 마나가 적합한지 평가하는 시험 아닌가. 어서 시험장으로 가기나 하세."

"저를 따라오십시오."

테른의 말대로라면 멀린은 총 여섯 번의 시험을 치러야만 했다.

이 대목에서 슌은 살짝 걱정이 되었는지 멀린을 힐끔 쳐다보았다.

"그렇게 걱정이 된다는 눈으로 보실 필요 없습니다. 말이 시험이지 제가 지니고 있는 마나 양만 체크하는 것이거든요."

"그것 참 여러 가지로 복잡하네. 쯧쯧……."

상대방을 바라보는 것만으로도 마나 양을 단숨에 알아낼 수 있는 숀의 입장에서는 답답한 이야기였다.

　그러나 마법사들은 결과 이상으로 과정을 중시하는 사람들이었기에 매사에 까다로운 절차를 만들어놓은 것 같았다.

　게다가 이곳은 그렇게 고리타분한 마법사들이 잔뜩 모여 있는 마탑 아니던가.

　답답해도 일단 참아야 했다. 멀린을 위해서라도 말이다.

　"저는 이제 다시 정문으로 돌아가야 합니다. 부디 시험에 통과하셔서 좋은 결과를 얻어 가시기 바랍니다. 그럼……."

　"여러 가지로 고맙네. 볼일이 끝나고 나면 내 다시 찾아감세. 오랜만에 만났는데 하다못해 식사라도 같이 해야 하지 않겠는가?"

　"그래주시면 저야 감사하지요. 헤헤……."

　테른이 이렇게 말을 하며 순박한 웃음을 흘리자 숀은 그가 갑자기 마음에 들었다.

　그의 전생에서 알고 지내던 수하 한 명과 닮아서 그랬는지도 모른다.

　물론 당시 그 수하는 숀과 말 한마디 나누어보지 못했었지만.

　"들어가시지요, 주군."

"그러지."

그가 잠깐 그런 생각을 하고 있을 때 멀린이 고개를 숙이며 이렇게 말을 했다.

그러자 숀은 보무도 당당히 시험장 안으로 들어섰다.

그 뒤를 멀린이 따랐음은 물론이다.

3

동마탑주는 늘 6층에 머문다. 아주 특별한 경우가 아니라면 그곳을 떠나는 법이 없다.

그런데도 그는 마탑에서 일어나고 있는 일을 모두 알고 있었다. 그에게 귀가 되고 눈이 되어주는 사람들이 많기 때문이다.

지금도 그는 자신의 집무실에 앉아 애완용 카투라―앵무새 종류―를 쓰다듬으며 누군가의 보고를 듣고 있었다.

"흐음… 그럼 지금 멀린은 몇 층까지 통과했느냐?"

"방금 전 3층을 통과하고 지금 막 4층에 오르는 중입니다."

한참 보고를 듣던 탑주가 대뜸 이렇게 물었다.

그러자 그의 앞에 공손한 자세로 서 있던 사내가 조심스럽게 대꾸했다.

로브를 입고 있는 것으로 보아 그도 동마탑 소속 마법사인 모양이다.

"호오? 벌써? 좀 의외로군. 비록 마나를 측정하는 시험이지만 그래도 제법 고심을 해야 각 층을 통과할 수 있을 텐데 말이야."

"각 층의 시험관들도 놀랐다고 합니다. 4서클 마법사도 최소 한 시간은 걸릴 시험을 그는 겨우 10분 만에 통과했으니 말입니다."

탑주는 의외라는 듯 고개를 갸웃거리며 이렇게 중얼거렸다.

그러자 앞에 있던 사내도 얼른 맞장구를 쳤다. 이로 미루어 볼 때 마나를 측량하는 시험은 그리 쉬운 일이 아닌 것 같았다.

"멀린은 나도 좀 아는 자일세. 타고난 재능은 있었지만 워낙 욕심이 많아 발전을 저해 받았던 친구였거든. 하긴 모든 마법사가 좀 더 나은 마법을 배우기 위해 돈을 벌어야 하니 어쩔 수 없겠지만… 그러나 아무리 그래도 너무 돈에 욕심을 부리면 서클을 올리기가 힘들다네."

"금과옥조와 같은 말씀. 제자 옥토르겐, 꼭 명심하겠습니다. 그럼 결국 멀린도 4층에서 시험을 멈추겠군요. 그자가 이곳에 마지막으로 방문했을 때 수준이 4서클 마스터였으니 말입니다."

마탑에서 4서클 이상의 실력자들은 모두 탑주의 제자라고 할 수 있었다. 옥토르겐도 그중 한 명이다.

어쨌든 그 역시 멀린을 알고 있었는지 이런 의견을 조심스럽게 내놓았다.

"쯧쯧… 하나만 알고 둘은 모르는구나. 그가 아직 4서클에 멈추어 있었다면 굳이 대전사를 대동해서 이곳까지 올 필요가 있었겠느냐? 그리고 4서클 마스터라면 절대로 층별 시험을 그렇게 간단하게 통과할 수도 없었겠지. 여러 가지 정황으로 보아 아무래도 그에게는 뭔가 범상치 않은 기연이 있었을 게야."

"그, 그렇군요. 그럼 스승님께서는 그가 스스로 깨달아서 서클을 높인 것이 아니라 기연 때문이라고 생각하시는 겁니까?"

옥토르겐이 자꾸 질문을 하는 이유는 따로 있었다.

원래 그와 멀린은 비슷한 연령대인 데다가 거의 같은 시기에 마법에 입문한 동기였다.

비록 아주 잘 아는 관계는 아니었지만 알게 모르게 속으로 경쟁심을 느꼈던 상대이다. 다만 멀린은 천재적인 두뇌를 타고났기에 그보다 성장 속도가 월등히 빨랐었다.

그러나 출신이 훨씬 좋은 옥토르겐은 주변 인맥을 총동원해 마탑에 들어갈 수 있었고 어마어마한 재산을 마탑에

바침으로 인해 결국 마탑주의 제자가 되었다.

　그렇게 눈물겨운 과정을 통해 간신히 4서클에 올라섰건만 이후 멀린은 그런 그에게 또다시 절망감을 맛보게 하였다. 4서클 마스터가 되어 나타났으니 말이다.

　그리고 또다시 5년이 지난 지금 그 지겨운 녀석이 또 등장한 것이니 그의 관심이 집중될 수밖에.

　"네가 5서클에 올라선 것이 스스로의 능력 때문이었느냐?"

　"그, 그건 아닙니다. 스승님의 하해와 같은 은혜가 있었기에 가능했지요."

　멀린보다 우둔한 옥토르겐도 벌써 5서클에 올라선 것을 보면 과연 마탑은 마탑인 것 같았다.

　"그런 일이 멀린에게 일어나지 말라는 법이라도 있는 게냐?"

　"그럼 스승님께서는 저자가 다른 마탑에서 기연을 얻기라도 했다고 생각하시는 겁니까?"

　탑주의 대꾸에 옥토르겐이 약간은 초조한 말투로 얼른 이렇게 다시 물었다.

　"그럴 리는 없다. 그 어떤 마탑도 외부인에게 기연을 베푸는 법은 없거든. 그리고 그가 다른 마탑에 들어갔었다면 이곳까지 올 리가 없었겠지."

"하지만 스승님께서는 분명 멀린이 욕심이 많아서 5서클로 올라서기 힘들다고 하셨습니다. 그런 자가 5서클이 되었다면 그건 마탑의 힘이 아니고서는 불가능한 일 아닙니까?"

어찌나 흥분을 한 것인지 옥토르겐은 감히 스승에게 따지듯 이렇게 말했다.

그러자 탑주의 눈꼬리가 슬쩍 올라갔다. 역시 화가 난 모양이다.

"네놈이 지금 나에게 따지자는 것이냐?"

털썩!

"그, 그럴 리가 있겠습니까? 이 제자가 질투에 눈이 멀어 죽을죄를 짓고 말았습니다. 부디 용서해 주십시오!"

"쯧쯧, 못난 놈. 알았으니 그만 일어나거라."

"감사합니다!"

의외로 마탑주는 너그러운 성품을 가지고 있는 것 같았다.

그 덕분에 옥토르겐은 큰 무례를 저지르고도 무사할 수 있었다.

"어느 정도 선의의 경쟁심은 마법 발전에 도움을 주지만 쓸데없는 질투는 오히려 화를 부르는 법이다. 왜 그것을 아직도 모른다는 말이냐!"

"제자, 아직 아둔해서 그런 것 같습니다. 앞으로는 그러지 않도록 조심하겠습니다."

비록 경쟁심은 있었지만 그렇다고 멀린을 미워할 정도는 아니었다.

스승에게 혼이 나자 옥토르겐은 그 점을 깨달을 수 있었다.

"믿어보마. 그나저나 이제 마법의 거울을 꺼내보아라. 과연 멀린이 4층도 쉽게 통과하는지 직접 보고 싶구나."

"알겠습니다!"

원래 마탑의 6층은 전체가 탑주의 집무실이나 마찬가지였다.

특히 이곳에는 1층부터 5층까지 모든 곳을 한눈에 살펴볼 수 있는 마법의 거울이 갖추어져 있었다.

하지만 마탑주는 평상시에 이 거울을 잘 쓰지 않는다. 이것을 사용하는 데 워낙 많은 마나가 소모되기 때문이다.

오죽하면 6서클 이상의 마법사가 아니면 아예 켜지도 못할 정도겠는가.

"준비되었습니다, 스승님."

"허허… 이 거울을 써본 지도 벌써 5년은 된 것 같군. 어디 보자……."

마법의 거울은 한쪽 벽면의 절반 정도나 차지할 만큼 거대했다.

그리고 거울의 테두리에는 수정과 같은 보석들이 여러

개 박혀 있었다. 탑주는 그 거울 앞에 가서 서더니 잠시 동안 주문을 외웠다.

"아함브라 마함브라 리카르도 마캄! 세상을 밝혀주는 신비의 힘이여, 이곳에 현신하라!"

비비빙~~ 번쩍!

그러자 거울 테두리에 있던 보석들이 한꺼번에 눈부신 빛을 뿜어내기 시작했다.

그렇게 약 5초가량 빛을 발하다가 동시에 꺼지자 탑주의 모습을 담고 있던 거울 속의 풍경이 갑자기 바뀌었다. 바로 마탑 4층의 전경이 나타난 것이다.

—허허… 허허허…….

하지만 그 모습을 바라보던 마탑주와 옥토르겐은 잠시 멍해질 수밖에 없었다.

4층에 시험관인 마법사 한 명을 제외하고는 아무도 없는 데다가 그 마법사마저 혼자 앉아 허탈한 웃음만 흘리고 있었기 때문이다.

"밀러 마법사가 갑자기 실성을 했나봅니다. 왜 저럴까요?"

"옥토르겐."

"네, 스승님."

그 모습을 보고 옥토르겐이 어처구니가 없다는 듯 이렇게 묻자 탑주는 대답 대신 그의 이름을 불렀다.

"아까 자네가 나에게 와서 멀린이 4층으로 향했다고 보고했을 때가 몇 분 전이었지?"

"대략 10분 정도 된 것 같습니다. 그건 갑자기 왜……."

"허허… 허허허……."

옥토르겐의 대답을 듣자마자 이번에는 마탑주가 4층에 있는 밀러 마법사와 거의 똑같은 웃음을 흘리기 시작했다.

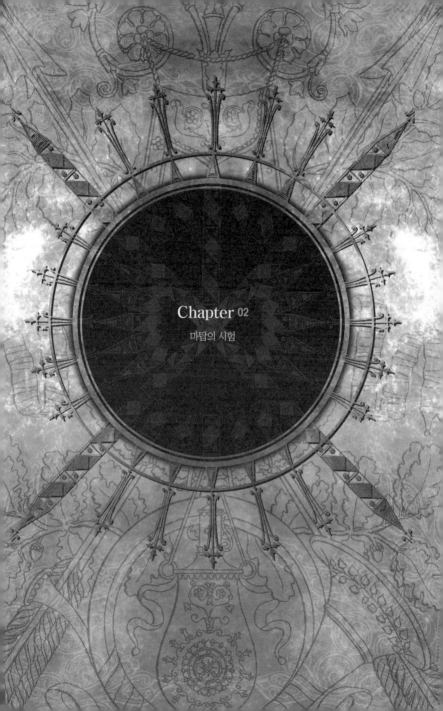

Chapter 02
마탑의 시험

건들면 죽는다

1

    동마탑주가 실성한 것 같은 웃음을 흘린 이유는 의외로 간단했다. 1층부터 3층까지 준비되어 있는 시험은 그리 어렵지 않다. 그건 5서클 마법사라면 모두 삼십 분 안에 통과할 수 있기 때문이다.

    그러나 4층부터는 완전히 달라진다. 5서클 마법사라고 해도 그곳에서부터는 최소 한 시간 이상이 걸릴 만큼 복잡하고도 대단한 시험이 준비되어 있는 것이다.

    그런 곳을 멀린은 겨우 10여 분 만에 통과한 것이니 어처구니가 없을 수밖에.

"그러고 보니 정말 그렇군요. 하지만 그렇다고 멀린, 그 자의 마법 수준이 6서클일 리는 없지 않습니까?"

"그래서 나도 지금 당황스러운 게다. 멀린이 5서클에 오른 것도 기적에 가까운 일이라고 할 수 있지. 그가 4서클 마스터일 때만 해도 나는 그가 5서클에 오르려면 최소 이십 년은 필요할 거라고 판단했었거든. 그런데 4서클 마스터에 오른 지 겨우 5년 만에 5서클에 올랐으니 어찌 놀라지 않을 수 있겠느냐."

멀린은 4서클 마스터에 오른 뒤 2년이 지나서야 동마탑에 와서 필살기를 배울 수 있었다.

5천 골드나 되는 돈을 모으느라 그런 시간이 필요했던 것이다. 그런 사정을 모르고 있었기에 마탑주나 옥토르겐은 그가 5년 전에야 마스터가 된 것으로 알고 있었다. 실제는 7년 전인데도 말이다.

어쨌든 설혹 7년 전이라고 해도 마탑주의 이런 생각에는 변함이 없었을 것이다. 4서클에서 5서클에 오르는 일은 그만큼 어렵기 때문이다.

"그 점은 저도 충분히 이해가 됩니다. 저 역시 스승님과 다른 동문들의 도움이 없었다면 아직까지도 4서클에서 벗어나지 못했을 테니까요."

"하지만 5서클에서 6서클로 올라가는 일은 그것과는 또

차원을 달리한다고 볼 수 있다네. 그때부터는 서클 개념조차 벗어나기 때문이지. 나를 포함해 다른 마탑의 탑주들 가운데 6서클에 가장 빨리 오른 사람은 중앙 마탑주이시자 홀로 대마법사이신 하이르스토 님이시네."

"아……."

하이르스토란 이름이 나온 것만으로도 옥토르겐은 옷깃을 새롭게 여몄다. 그만큼 마법사들에게 그 이름은 신에 버금가는 무게가 있었다.

"그분이 몇 살에 6서클에 올라선 것인지 알고 있는가?"

"그건 잘 모르겠습니다."

마법 교과서에 실려 있지 않은 이야기를 옥토르겐이 알리가 없었다.

"바로 예순한 살이었다네. 칠순이 훨씬 넘어서서야 깨달은 나나 다른 마탑주에 비하면 엄청난 차이라고 할 수 있지."

"하지만 스승님께서도 그냥 6서클이 아니라 마스터 아니십니까? 그건 위대한 대마법사님을 제외하고는 대륙 최고임을 뜻합니다. 그것만 해도 정말 엄청난 위업이라고 할 수 있지요."

이건 옥토르겐이 마탑주를 치켜세우기 위해 하는 말이 아니었다.

실제로 동마탑주는 마법사들 사이에서 최고의 우상과도 같은 존재였다.

하이르스토는 이미 신에 가까운 사람이었기에 그와는 의미가 약간 달랐던 것이다.

"그런데 만약에 말일세… 저 멀린이 6서클에 도달해 있다면 어떨 것 같은가?"

"에이, 설마요. 해가 바뀌었다고 해도 멀린은 이제 겨우 서른일곱 살입니다. 저보다도 다섯 살이나 어리거든요. 그런 그가 지금 6서클이라면 대마법사님보다도 뛰어나다는 말인데 그게 가당키나 합니까?"

멀린이 진짜로 6서클 마법사라면 옥토르겐에게는 신의 영역마저 뛰어넘은 존재라고 할 수 있었다.

그러나 그가 알고 있던 멀린은 천재에 가깝기는 해도 분명 인간 아니었던가. 그랬기에 그의 이런 반응은 당연했다.

"나도 그럴 일은 없다고 생각하네. 단지 그가 어떻게 해서 4층을 그렇게 빨리 통과한 것인지 그게 이해가 되지 않을 뿐… 설마 청렴하기로 유명한 밀러가 뇌물을 받고 그냥 통과시켜 주었을 리도 만무하고 말이야."

"혹시 함께 왔다는 대전사가 무슨 짓을 한 것은 아닐까요? 무식한 검을 꺼내 밀러 마법사를 협박했을 가능성도 있지 않습니까?"

두 사람은 머리를 맞대고 여러 가지 가능성을 검토해 보았지만 여전히 멀린에 대한 의혹은 쉽게 풀리지 않는 것 같았다.

"그건 불가능해. 멀린이 데려온 자가 소드 마스터가 아닌 이상 밀러 마법사를 공격하는 것도 쉽진 않을 게야. 그리고 설혹 소드 마스터라고 해도 정말로 대전사가 그런 짓을 했다면 벌써 마법 경고 벨이 울렸겠지."

"그럼 대체 어떤 방법으로 4층을 그렇게 빨리 통과했을까요?"

"아무래도 내가 5층으로 직접 가봐야겠네."

"아……."

골머리를 싸매는 것보다 차라리 부딪치는 게 낫다고 생각했는지 마탑주는 이 말을 남기고는 서둘러 집무실을 나섰다.

두 사람이 그러거나 말거나 이 때 당사자인 멀린은 손과 함께 태연한 얼굴로 5층으로 오르고 있었다.

"그래도 제법인걸? 4층을 지키고 있던 마법사 실력도 보통이 아닌 것 같던데 그자를 깜짝 놀라게 해주었으니 말이야."

"이게 다 주군 덕분입니다. 5서클과 6서클은 하늘과 땅

차이거든요. 모르긴 몰라도 온 대륙을 몇 번 뒤집어놓아도 저만큼 실력 진전 속도가 빠른 마법사는 없을 겁니다."

멀린이 태연할 수 있는 이유는 바로 실력에 있었다.

마탑이 아무리 대단한 곳이라지만 지금 이곳 안에서 자신을 상대할 수 있는 존재는 마탑주 말고는 없었으니 그럴 만도 했다.

게다가 그의 옆에는 태산만큼 듬직한 주군 숀이 있지 않은가.

"하하! 아무튼 요즘 자네를 보고 있으면 내가 참 좋은 수하를 두었다는 생각이 들어. 실력만 늘어나는 것이 아니라 겸손함도 늘어나고 있으니 말이야. 어쩌면 훗날 그게 자네의 가장 큰 무서운 점이 될지도 모르겠어."

"그건 아마도 주군께서 늘 옆에서 저에게 경각심을 심어주셔서 그럴 겁니다. 그리고 그런 마음 때문에 마법 발전 속도도 더 빨라지는 것 같습니다. 여러 가지로 감사드립니다."

알면서도 실천하기 힘든 것이 바로 겸손이다.

특히 멀린처럼 급속도로 자신의 힘이 커지는 경우에는 더욱 그랬다.

숀은 멀린이 갈수록 겸손해지는 것이 결코 자신 때문만은 아님을 알고 있었다.

'이 사람은 천성이 분명해. 그동안 고생을 심하게 하면서 마법을 배우느라 그런 천성이 감추어져 있었겠지. 문득 이 사람의 어머니가 어떤 사람인지 궁금해지는군.'

숀이 속으로 이런 생각을 하는 사이 어느덧 두 사람은 5층에 올라섰다.

"저 문 뒤쪽에 시험장이 있는 모양입니다."

"그런 것 같군. 가만… 원래 5층부터는 시험을 빙자해서 공격도 하는가?"

"네? 그게 무슨 말씀이신지…….."

5층에 있는 문을 눈앞에 두고 멀린이 이렇게 말하자 숀이 이해할 수 없는 말을 했다.

[어서 방어 마법을 준비하게. 자네보다 마나 양이 많은 누군가가 노리고 있는 것 같아.]

"헉!"

끄덕끄덕…

그러더니 이번에는 멀린의 뇌리로 이런 말이 전달되었다. 숀만이 쓸 수 있는 혜광심어다.

그가 이렇게까지 하는 것을 보면 틀림없는 일이었기에 멀린은 급히 고개를 끄덕이며 실드 마법을 준비하기 시작했다. 그런데 바로 그때…

"파이어 볼~!"

부아아아앙~~!!

갑자기 이런 외침과 함께 허공에서 엄청난 크기의 불의 구체가 나타나더니 곧바로 두 사람을 향해 날아들었다.

그러자 거의 동시에 멀린의 입에서도 커다란 주문이 터져 나왔다.

"실드~~!"

그리고 그 순간 불덩어리는 그대로 멀린과 손을 집어삼켰다.

쿠콰콰쾅~~!!

거대한 폭발음만을 남긴 채…

2

한낮인데도 공기가 몹시 차가웠다. 어찌나 추운지 렌탈 영지 주변을 흐르고 있는 틴그린 강이 얼어붙을 정도다.

하지만 이런 매서운 추위 속에서도 웃통을 벗어젖히고 뛰고 있는 정신 나간 사람들이 있었다.

"하나~ 둘~ 하나~ 둘~! 누가 꾸물거리는 게냐! 어서 더 빨리 뛰란 말이다!"

"네!"

다다다다!

그들은 꽤나 빠른 속도로 달리고 있었지만 그들의 바로 옆에서 말을 타고 달리고 있는 리더의 생각은 달랐던 모양이다.

죽어라고 뛰고 있는 알몸의 사내들을 향해 더욱 빨리 달리라고 채근하는 것을 보면 말이다.

그런데도 사내들은 그 흔한 변명이나 반항 한 번 없이 그저 미친 듯이 달리기만 했다. 마치 리더가 타고 있는 말의 속도를 따라잡으려는 듯이.

"저 사람들이 한때 내가 거느리던 그 병사들이라니… 내 눈으로 직접 보고 있으면서도 정말 믿기가 힘들군. 자네는 어떻게 생각하는가?"

"정말 놀랄 노 자입니다. 일개 영지군의 체력이 어지간한 기사들보다 낫다는 게 말이 됩니까? 휴우… 정말 이런 일을 보게 되면 제가 주군 아래로 들어온 것이 천운이라는 생각이 들 정도입니다."

그런 사내들을 바라보며 감탄을 하고 있는 사람들이 있었다.

바로 렌탈 남작과 크롤 백작이다.

두 사람은 최근 의기투합을 하면서 아예 작위를 벗어던지고 형 동생으로 지내기로 한 상태다. 그래서인지 렌탈은 백작인 크롤에게 하대를 했고 크롤은 남작인 렌탈에게 존대를 쓰는 진귀한 풍경이 벌어졌다.

남들이 보면 이해하기 힘든 광경이었지만 숀의 사람들은 전혀 이상하게 여기지 않고 있었다.

"이제 곧 때가 다가오고 있네. 자네의 복수가 결국 꿈만이 아니라는 이야기일세. 그 점에 대해 어떻게 생각하는가?"

"주군의 신위를 처음 목격하던 날 이후부터 저는 그분의 말이라면 설혹 바늘구멍으로 낙타가 지나간다고 해도 믿을 정도가 되어버린 상태입니다. 그런 분께서 복수를 해주신다고 약속하셨는데 무슨 걱정이 있겠습니까? 게다가 당장만 해도 보십시오. 저들은 아직 평범한 병사의 복장을 하고 있지만 실력만큼은 이미 어지간한 기사들 이상입니다. 그런 병사들이 자그마치 900명이나 됩니다. 그뿐입니까? 지금 다른 곳에서는 더그한 기사의 지시하에 별도로 훈련 받고 있는 특수 병사들도 900명이 더 있습니다. 그들이 모두 세상으로 뛰어나간다고 생각해 보십시오. 아마 모르긴 몰라도 그 어떤 부대도 막을 수 없을걸요?"

어느새 크롤 백작은 숀의 열렬한 지지자가 되어 있었다. 그의 이런 변화는 숀과의 내기에서 지던 날 이미 시작되었다고 할 수 있었다.

그러던 것이 숀과 함께 지내게 되면서 그를 더욱 신봉하게 되었다고 할 수 있었다.

"그건 나도 동감이네. 솔직히 어떨 때는 저들이 두렵기까지 하네."

"두렵다고요? 그건 어째서입니까?"

렌탈의 말에 크롤은 이해하기 어렵다는 표정을 지으며 이렇게 되물었다. 막강한 군대를 보유하게 된 마당에 기뻐하면 모를까 두렵다니… 쉽게 이해할 이야기는 아니었다.

"생각해 보게. 저들은 모두 마나를 다룰 수 있는 초강력 병사들이야. 그것만 해도 엄청난 파괴력을 가지고 있다고 할 수 있을 텐데 그 위에 신의 능력을 가지고 계신 주군께 무시무시한 진까지 전수 받은 상태라네. 만일 다른 군대가 저들과 맞붙게 된다면 상상을 초월할 만큼 엄청난 피해를 입을 것이 분명하네. 그러니 어찌 두렵지 않겠는가?"

"하긴 그것도 그렇겠군요. 모르긴 몰라도 어지간한 군대라면 전멸을 면치 못할 것입니다."

현재 렌탈 영지군에서 기사급의 마나를 지닌 병사는 모두 900명이다. 나머지 900명도 마나를 느끼기는 했지만 수준이 약한 편이었다.

그랬기에 숀은 애초부터 부대를 둘로 나누어놓았다. 그 중 기사급 병사들의 현재 실력은 테우신 백작 영지의 블랙 기사단과 비교해도 뒤지지 않을 정도다.

진을 사용해서 싸운다면 월등히 강할 수도 있었다. 아니, 그냥 비슷하다고만 생각해도 그런 블랙 기사단이 무려 아홉 개나 있는 것이라고 할 수 있으니 누가 그들을 쉽게 이길 수 있겠는가.

그 점을 알기에 렌탈과 크롤은 이런 대화를 나눌 수 있었다.

"그나마 한 가지 다행이라면 우리 주군의 성품이 루카스 왕자님을 닮아 너그럽다는 점일세. 얼마 전 내 곁을 스치듯 지나가시며 이런 말씀을 하신 적이 있었네."

"어떤 말씀을요?"

"강한 군대는 적을 박살 낼 수 있지만 그보다 훨씬 더 강한 군대는 오히려 적들을 살려줄 수 있다고… 그러면서 우리 병사들에게 그 누구도 깨지 못할 진을 가르쳐야겠다고 하시더군."

크롤이 궁금하다는 듯 얼른 이렇게 되묻자 렌탈이 그런 그의 모습을 보며 살짝 미소를 짓더니 이런 말을 해주었다.

"오오… 그렇다면 저들이 익히고 있는 진법이야말로 최강이라는 말 아닙니까?"

"내 생각도 그렇다네. 아직 주군의 허락이 떨어지지 않아

시험 가동을 해보지는 못했지만 그 진이 발동하게 되면 대륙의 그 누구도 막을 수 없다는 게 내 판단일세."

실력도 그렇게 뛰어난 편이 아니고 영지도 보잘것없는 곳을 다스리던 렌탈 남작이다.

그러나 그때에도 그의 안목과 선견지명은 소문이 자자할 정도였다. 그런데 지금은 그때에 비해 검술 실력이 훨씬 발전한 상태이고 영지도 세 개나 총괄할 정도로 세력이 커진 상태 아니던가.

그래서인지 그는 더욱 현명해진 것 같았다. 최소한 크롤은 지금 이 순간 그렇게 느꼈다.

"아마 형님의 판단이 맞을 것입니다. 주군이라면 그러고도 남을 테니까요. 그나저나 주군과 멀린 마법사님은 이 중요한 시기에 어디를 가신 것입니까? 형님은 알고 계시죠?"

"나도 정확히는 모르네. 단지 멀린 마법사님이 급히 서두르며 나가시다가 내가 어디를 가느냐고 묻자 마탑이라고 말해준 것이 다였거든."

"마탑… 이요? 갑자기 거기는 왜…….."

마법사들은 마탑이 무엇을 하는 곳이고, 또 어디 어디에 분포되어 있는지 잘 알지만 기사들은 거의 마탑에 대해 알지 못한다.

그건 마법사들의 폐쇄적인 성향 때문이다.

그들은 같은 마법사가 아니면 마법이나 그와 관련된 일을 잘 말하지 않는 것이다. 그래서인지 크롤도 슨과 멀린이 마탑에 왜 갔는지는 물론 그곳이 어디에 있는 것인지조차 몰랐기에 멍한 얼굴로 이렇게 되물었다.

"이건 순전히 내 추측이지만 혹시……."

"혹시?"

"이번 전쟁에 도움이 될 수 있는 마법 물품을 구입하기 위해 간 것이 아닐까?"

이미 테우신 백작과의 전쟁은 기정사실화된 상태다. 그런 이상 이런 생각을 하는 것도 무리는 아니었다. 사실과는 전혀 다른 추측이라고 해도 말이다.

"그렇군요. 분명 그럴 것입니다. 아무리 우리 병사들의 실력이 강해졌다고는 해도 상대는 테우신 백작 아닙니까? 휘하에 정예 영지군만 아직 사천이나 남아 있는 바로 그 테우신 말입니다."

"으음… 그렇게 다시 그의 세력을 듣게 되니 역시 부담감이 생기는군. 주군께서 아시면 불호령을 내리겠지만 말이야. 아무튼 우리 주군께서는 절대 허튼 일을 하실 분이 아니니 일단 기다려 보세. 곧 오시겠지."

"제 생각도 똑같습니다, 형님."

말이 그렇지 정예군 사천 명은 절대 만만한 적수가 아니다. 거기다가 테우신이라면 동조 세력까지 불러들일 수 있는 능력자다. 그게 여전히 두려웠지만 렌탈은 숀을 철석같이 믿었다. 그리고 그건 크롤도 마찬가지였다.

Chapter 03

대전사(代戰士)

건들면죽는다

1

    렌탈 남작과 크롤 백작이 전쟁에 관한 걱정을 하며 숀의
행방을 궁금해하던 그때, 숀과 멀린은 큰 위험에 처해 있는
것처럼 보였다. 거대한 불덩어리가 커다란 폭발음과 함께
두 사람을 덮쳤기 때문이다.

    쿠콰콰쾅~~!!

    "이런, 고약하군. 처음 방문한 손님에게 불놀이라니…
쯧……."

    "제가 대신 사과를 드리겠습니다, 주군. 원래 이곳이 이
런 곳이 아니었는데 왜 그랬는지 알 수가 없군요."

뭉게뭉게…

하지만 막상 폭발이 끝나고 나자 태연한 숀의 목소리가 흘러나왔다. 그에 대답하는 멀린 역시 조금도 당황한 기색 없이 대답했고 말이다.

그게 방금 전 그들을 공격했던 동마탑주를 더욱 놀라게 만들고 있었다.

"허어~! 역시 내 예상대로 6서클에 올라섰구나. 도대체 무슨 수를 써서 그렇게 빨리 발전했는지 그게 가장 궁금하기는 하다만 일단 커다란 성취를 이룬 것에 대해 진심으로 축하해 주마. 잘 왔다, 마법사 멀린."

"그간 강녕하셨습니까? 그레고리 마탑주님. 실로 오랜만에 뵙습니다."

"그래… 궁금한 것이 많으니 일단 내 사무실로 가세나."

마탑주의 이름이 그레고리였던지 멀린은 그를 이렇게 부르며 공손한 태도로 인사했다.

그러자 그레고리는 대뜸 이렇게 대꾸했다. 그만큼 멀린의 성장에 관한 호기심이 컸던 모양이다.

"아직 시험이 끝나지 않았습니다만……."

"이미 자네는 나의 파이어 볼을 간단하게 막아내었네. 그런데 더 이상의 시험이 무슨 의미가 있겠는가?"

"아… 송구합니다, 탑주님."

하긴 6서클 마스터가 날린 파이어 볼을 막아냈는데 서클 확인이 또 무슨 필요가 있겠는가. 멀린도 그 점을 깨닫고는 얼른 다시 이렇게 대꾸했다.

"됐으니 어서 따라오기나 하게. 거기 계신 손님도 함께 올라가시지요."

"고맙소이다."

감히 동마탑의 탑주가 정중하게 권했건만 손은 가벼운 목례만으로 인사를 대신했다.

그게 불쾌할 만도 했을 텐데 그레고리는 전혀 내색하지 않고 가벼운 미소와 함께 어서 따라오라는 듯 등을 돌렸다.

'흐음… 과연 최고 수준에 도달한 마법사라 그런지 감정을 쉽게 드러내지 않는군. 이거 약간이나마 호기심이 생기는걸. 후후…….'

그 뒤를 따라가며 손은 이런 생각을 하고 있었다. 그레고리가 그의 이런 생각을 알았다면 기겁할 일이다.

"다녀오셨습니까? 탑주님… 그런데 그분들은… 아, 멀린 마법사 아니신가? 이거 오랜만일세."

"아, 옥토르겐 마법사님! 정말 오랜만…….."

마탑주의 집무실에 들어서자 옥토르겐이 멀린을 알아보

고 얼른 인사를 했다. 그러자 멀린도 그에게 인사를 하려 했는데 그의 인사가 끝나기도 전에 갑자기 그레고리가 끼어들었다.

"어허! 이보게, 옥토르겐."

"네, 탑주님!"

"누가 자네에게 멀린 마법사를 그리 함부로 대하라고 하던가?"

평소에는 무척 너그럽고 자애롭던 그레고리가 꾸짖듯 이렇게 말을 하자 옥토르겐의 얼굴에 당혹스러움이 떠올랐다.

대체 스승이 왜 이러는 것인지 전혀 감이 잡히지 않아서다.

"그, 그게 무슨 말씀이신지요?"

"우리 마법사들에게는 엄격한 규율이 한 가지 있네. 그건 바로 나이와 상관없이 서클이 낮은 마법사는 서클이 높은 마법사를 공경해야 한다는 것이지. 지금 멀린 마법사는 6서클 유저의 마법사일세. 자네와는 비교도 할 수 없을 만큼 출중한 사람이라는 말일세. 내 말뜻 알아듣겠는가?"

"네에? 6, 6, 6서클이라고요? 오, 맙소사!"

털썩!

어찌나 놀랐던지 옥토르겐은 그대로 자리에 주저앉고 말

았다. 다리에 힘이 풀렸던 것이다. 하지만 그는 곧 힘겹게 일어나더니 멀린을 향해 고개를 숙이며 조심스럽게 입을 열었다.

"용서해 주십시오, 멀린 마법사님. 제가 미처 멀린 님께서 엄청난 성취를 이루신 것을 몰라서 실수했습니다."

"아닙니다. 저는 괜찮으니 괘념치 마십시오."

"이보게, 멀린! 방금 내가 한 말 못 들은 겐가? 다시 말해 보게!"

이번에는 멀린이 지적을 받았다.

그러자 숀은 그런 마법사들을 흥미로운 눈으로 지켜보며 속으로 엉뚱한 생각을 하기 시작했다.

'호오, 이것 봐라? 마법사들은 일단 실력이 높으면 그만큼 파워가 강해진다 이거로군. 그렇다면 멀린을 7서클까지 끌어올리게 되면 어떤 일이 벌어질까? 이런 마탑도 그냥 꿀꺽 집어삼킬 수 있을 것 같은데⋯ 나중에 멀린에게 그 부분에 대해 자세히 알아보라고 해야겠구나.'

마탑을 공짜로 집어삼킬 궁리를 하다니⋯ 그가 아니고서는 상상조차 할 수 없는 일이었다.

"이번은 자네도 몰라서 그런 것이니 용서해 주겠네. 대신 앞으로는 조심하게."

"감사합니다, 멀린 마법사님."

결국 멀린은 하대를 했고 옥토르겐은 자신보다 다섯 살이나 어린 멀린에게 공손한 태도를 보였다.

　과거라면 상상도 할 수 없는 일이 벌어진 것이다.

　하지만 마탑주는 그 모습을 보며 고개를 끄덕였다. 이제야 질서가 제대로 잡혔다는 듯 꽤나 만족스러운 모습이다.

　"자, 그럼 이제 내가 궁금해하는 것을 속 시원하게 말해보게. 대체 무슨 수로 그 짧은 시간에 6서클까지 성취할 수 있었던 것인가?"

　"그건 모두 제가 모시고 있는 주군 덕분이라고 할 수 있습니다. 바로 여기에 계신 분이지요."

　"오! 이분이 자네가 모시고 있는 주군이시라고? 이런… 몰라뵈서 죄송합니다. 정식으로 인사드리겠습니다. 내가 동마탑을 책임지고 있는 그레고리라고 합니다."

　멀린의 소개에 그레고리는 깜짝 놀랐다.

　아까는 파이어 볼이 터지는 바람에 멀린이 손에게 주군이라고 부르는 것을 미처 듣지 못했었다. 아니, 어쩌면 멀린이 6서클 마법사가 되어서 돌아온 사실에 워낙 놀라 더 그랬는지도 모른다.

　어쨌든 6서클 마법사가 주군으로 모실 정도면 일단 보통 사람은 아니라고 할 수 있었다. 그랬기에 그레고리도 더 정중하게 인사를 한 것이고 말이다.

"손이라고 하오. 신분은 아직 밝힐 수 없으니 그 점은 이해해 주시오."

"그건 염려하지 마십시오. 이미 처음 볼 때부터 보통 분이 아니라는 것은 눈치채고 있었습니다. 손님과 같은 절제된 기품은 결코 아무 곳에서나 볼 수 있는 것이 아니거든요. 아무튼 잘 오셨습니다."

여전히 손의 태도는 도도했지만 오히려 그런 면이 그레고리가 더욱 그를 높이 평가하는 계기가 된 것 같았다.

멀린의 입장에서는 아주 다행한 일이었다.

"저희 주군께서 얼마 전 제게 엄청난 약초를 선물해 주셨었습니다. 그것 덕분에 저는 단숨에 6서클에 도달할 수 있었지요."

"그게 대체 무슨 약초이기에 그런 효능이 있다는 말인가?"

지금 멀린이 둘러대고 있는 핑계는 모두 손이 미리 말해준 것이었다. 그만큼 약초에 대해 박식한 사람도 없었으니 이런 식으로 대응할 수 있었던 터였다.

"그건 바로 전설 속에서나 등장한다는 천상의 열매 푸르틴입니다."

'천상의 열매 푸르틴'이라는 약초는 말 그대로 신들이

살고 있다는 천계에서나 자라나는 신들의 나무에서 나는 열매라고 알려져 있었다. 그 때문에 아직까지 그 누구도 그 열매를 본 사람은 없었다.

전설에 의하면 이 나무의 열매를 먹을 수만 있다면 상상을 초월할 만한 기연을 만날 수 있다고 한다. 검을 든 기사라면 단숨에 소드 마스터의 경지에 들 수 있고 마법사는 최소 두 서클 이상의 마나를 얻을 수 있다고 한다.

하지만 앞서 언급했듯이 수천 년이 흐르는 동안 이 열매를 먹어본 사람은커녕 보았다는 사람조차 단 한 명도 없었다. 그런데 지금 멀린이 그것을 먹었다고 주장하며 나선 것이다.

2

의심스러운 면이 많기는 했지만 결국 그레고리는 멀린의 말을 믿을 수밖에 없었다.

그렇지 않고서는 도저히 멀린의 성장을 이해할 수 없었기 때문이다.

"어떻게 그런 귀한 열매를 구하셨는지는 몰라도 정말 대단하십시다. 멀린, 그로 인해 자네는 우리 마법사들의 역사에 새로운 한 획을 그었다고 할 수 있겠어. 어쨌든 역대 이래로 가장 어린 나이에 6서클에 올라섰으니 말일세."

"제가 잘나서가 아니라 모두 주군을 만났기에 가능했던 일이었습니다."

멀린은 충분히 잘난 체를 할 수 있었음에도 이처럼 겸손했다. 그 모습을 보던 그레고리가 감탄할 정도다.

"허허… 아무튼 좋네. 그럼 이제 이곳에 온 목적을 정확히 말해보게."

"탑주님 예상대로입니다."

"역시 그럼 마법을 배우기 위해서 온 것이 전부인가?"

"그렇습니다."

겉으로 티를 내지는 않았지만 지금 멀린의 마음은 급했다. 자신의 일 때문이 아니라 어서 돌아가서 전쟁 준비를 해야 한다는 생각으로 가득했기 때문이다.

그랬기에 그는 더 하고 싶은 말이 많았는 데도 용건만 간단히 하기 위해 최대한 감정을 억제하고 있었다. 다른 사람들은 그의 그런 심리를 알 수 없었지만 숀은 충분히 짐작할 만했다.

"당연히 그렇겠지. 서클이 높아졌다고 마법이 저절로 익혀지는 것은 아니니까 말이야. 그럼 우선 5서클 마스터급 마법과 6서클 유저급 마법이 필요하겠군. 맞는가?"

"기왕이면 5서클 마법 전체와 6서클 마법을 배웠으면 좋겠습니다만……."

원래 마법사들은 각 서클의 기본 마법은 알고 있다.

그런 마법들은 마탑에 왔을 때 의외로 쉽게 살펴볼 수 있기 때문이다. 그랬기에 멀린도 6서클의 기본 마법 정도는 얼마든지 사용할 수 있었다.

문제는 각 서클의 핵심이 될 만한 마법은 대가를 지불하고 배우지 않는 이상 절대 알 수 없다는 점이다. 그랬기에 멀린은 5서클의 핵심 마법들 전부를 원했다.

돈이 많아서가 아니라 그가 철석같이 믿고 있는 손이 있기에 가능한 요구다.

"비용은 준비했는가? 그렇게 다 배우려면 꽤 큰돈이 들어갈 텐데… 설마 자네 주군이라는 분을 대전사로 내세워 그 모든 것을 다 배우려는 것은 아니겠지?"

"저는 그렇게도 가능한 것으로 알고 있습니다만… 마탑의 원칙이 바뀐 것입니까?"

지금부터가 가장 중요한 이야기였다. 멀린이 마법을 배울 수 있느냐 없느냐가 이 대화에 달려 있었기 때문이다. 이건 마탑의 입장에서도 엄청난 금액이 왔다 갔다 할 수 있는 일인지라 그레고리 역시 신경을 바짝 곤두세울 수밖에 없었다.

"물론 그건 아니네만 5서클 마법들은 몰라도 6서클 마법까지 무료로 배우려면 대전사가 나를 비롯해 마탑의 핵심 장로 세 분을 모두 이겨야만 하네. 그래도 도전해 볼 텐가?"

"갑자기 끼어들어서 미안하오만 만일 그 모든 비용을 돈으로 지불한다면 얼마나 내야 하는 것이오?"

그레고리가 신중한 모습으로 이렇게 말을 하자 이번에는 멀린 대신 숀이 참견을 했다.

돈을 내고 싶어서가 아니라 순전히 궁금해서였지만 그레고리의 생각은 약간 달랐다.

'그럼 그렇지. 아무리 스캔을 해보아도 온몸에 흐르는 마나 양이 아주 미미한 사람이다. 이런 사람이 감히 우리 마탑의 마법사와 싸울 수 있는 용기가 있을 리 없겠지. 그건 무모한 도전일 테니 말이야. 흐음… 하지만 돈은 많을 것 같아. 천상의 열매 푸르틴을 구할 정도면 어마어마한 부자일지도 모르지. 그렇다면…….'

그레고리는 속으로 이런 계산을 대충 해보고 나서야 천천히 입을 열었다.

"5서클 마스터급까지의 마법을 모두 배우는 데 6만 골드, 그리고 6서클 유저급 마법은 20만 골드입니다. 참고로 만에 하나 멀린 마법사가 6서클 마스터가 되어서 그 단계의 마법까지 배우러 온다면 추가로 50만 골드를 더 내야 할 것입니다."

이 대목에서 배포라면 그 누구보다도 뒤지지 않는 숀조차 속으로 은근히 놀라고 말았다.

마스터급 마법은 열외로 친다고 해도 오늘 들어가야 하는 돈만 최소 26만 골드가 있어야 한다는 이야기다. 말이 그렇지 일반 평민 네 식구가 일 년을 먹고 사는 데 들어가는 비용이 기껏해야 10골드 정도다. 26만 골드면 그런 가족 2만 6천 세대가 일 년을 놀고먹을 수 있는 돈이라는 말이다. 그러니 어찌 놀라지 않을 수 있겠는가.

물론 그런 티를 낸 것은 아니지만 말이다.

"아주 비싼 금액은 아니지만 그렇다고 그냥 지불하기에는 아깝다는 생각이 드는군요."

"그게 아까우시면 아까 멀린 마법사에게 말한 대로 대전사를 내세워 싸워서 쟁취하는 방법밖에 없습니다. 도전해… 보시겠습니까?"

"잠깐만요!"

숀이 뭐라고 대꾸하려던 순간 갑자기 멀린이 급히 나섰다. 이런 식의 거래는 뭔가 더 확실히 해야 한다고 생각한 탓이다.

"말해보게, 멀린 마법사."

"저기… 탑주님, 그럼 5서클 마법을 모두 익히려면 탑주님만 이기면 되는 겁니까?"

"당연하지."

"네, 그럼 잠시만 시간을 주십시오. 주군과 잠깐이라도 상의 좀 해보고 결정하겠습니다."

"그렇게 하게."

멀린은 그레고리가 수긍을 해주자 얼른 숀의 옷자락을 잡아끌더니 집무실 밖으로 나갔다. 둘만 조용하게 이야기하고 싶었던 모양이다.

"저는 그냥 5서클 마법만으로도 만족할 수 있습니다. 그러니 탑주님과의 싸움만 해주십시오."

"왜? 내가 탑주와 장로들이 한꺼번에 덤비면 질 것 같아 그러나?"

가만 보니 멀린은 숀이 걱정돼서 이러는 것 같았다.

자신의 욕심만 생각하다가 행여 숀이 다치기라도 하면 크게 후회할 것이 분명했다. 절대 그런 일이 일어나서는 안 된다.

"마탑의 장로들은 모두 5서클 마스터급 마법사입니다. 그들 개개인과 싸운다면 별게 아니지만 탑주와 함께 연합 공격을 펼치게 되면 이야기가 완전히 달라집니다. 저도 들은 이야기이기는 하지만 그들의 연합 공격은 대마법사님이나 대륙 최강의 기사로 알려진 잭 칼츠조차도 이길 수 없을 정도라고 합니다. 그렇게 무서운 자들과 싸우다가 부상이라도 입으시면 제가 어찌 다른 식구들을 볼 수가 있겠습니까? 그러니 이번만큼은 부디 제 의견을 따라주십시오. 간곡히 드리는 부탁입니다."

"쯧쯧… 자네는 아직도 나에 대해 모르는 것이 많군 그래. 하긴 그게 정상이긴 하겠지만… 이보게, 멀린."

"네, 주군."

만일 다른 사람이 이런 식으로 말했다면 벌써 손의 주먹이 날아갔을 터였다. 하지만 지금은 멀린의 진심이 느껴졌기에 손은 마음을 가라앉히며 조용히 그를 다시 불렀다.

"나를 감히 고작 대마법사 나부랭이나 잭 칼츠 등과 같은 허접 기사와 비교하지 말게. 그 두 사람이 연합으로 덤벼도 간단하게 이길 수 있으니까 말일세. 그러니 아무 걱정 하지 말고 어서 들어가서 나를 대전사로 지정하고 정식으로 도전하게. 어서!"

"허, 허접이라고요? 아, 네네……."

대마법사와 대륙 최고 기사 둘이 덤벼도 간단하게 이길 수 있다니… 허풍치고는 도가 지나친 것이었지만 멀린은 손의 이 황당한 말에 가슴이 뻥 뚫리는 것 같은 쾌감을 느꼈다.

'그래, 이분이라면 가능한 이야기일지도 몰라. 나는 왜 여태껏 이분의 신적인 능력을 겪어왔으면서도 자꾸 의심부터 하게 되는 것일까? 정말 부끄러운 일이다. 자신 없이 나서실 분이 아니잖은가. 앞으로는 주군의 말이라면 시체가 벌떡 일어나 신나게 춤을 춘다고 해도 믿자. 그게 진정한 수하로서의 도리일 것이다. 아무렴.'

그는 이런 생각을 하며 나올 때와는 달리 아주 씩씩하게 그레고리의 집무실 문을 힘껏 열었다.

Chapter 04

승부

건들면죽는다

1

　결국 손이 대전사가 되어 마탑의 지하에 마련되어 있는
'최후의 시험장'이라는 곳으로 내려갔다.

　그곳은 지하라고 생각하기 어려울 정도로 넓은 데다가
눈이 부실 정도로 밝았다. 알고 보니 이곳이 밝은 이유는
놀라운 마법의 전등이 무려 백여 개나 켜져 있었기 때문이
었다.

　과연 괜히 마탑이 아닌 것이다.

　거의 어지간한 연무장을 방불케 하는 커다란 시험장 앞
쪽에는 단상이 놓여 있었고 그 뒤로 마탑의 주요 마법사들

이 도열해 있었다. 그리고 그들의 중앙에는 그레고리 마탑주도 앉아 있었다.

"지금부터 6서클 유저에 올라선 멀린 마법사의 마법 공부 자격을 놓고 시험을 시작하겠습니다. 모두 경건한 마음으로 시험에 임할 준비를 해주시기 바랍니다."

그런 마법사들 가운데 가장 나이가 많아 보이는 사람이 앞으로 나서더니 시험의 시작을 알렸다.

그러자 모든 마법사들의 시선이 단상의 앞쪽에 서 있던 숀과 멀린에게로 향했다. 시험에 도전하려는 자들이 누구인지 궁금해하는 표정이다.

사실 동마탑 역사 이래 6서클에 도달한 마법사가 돈을 지불하는 대신 대전사를 데리고 온 것은 멀린이 처음이었던 것이다. 그러니 더욱 호기심이 클 수밖에.

"우선 가장 먼저 대전사의 각오부터 확인하는 시간을 갖겠습니다. 구스티아누 사제님, 부탁드립니다."

"알겠습니다, 데이몬 마법사님."

그러는 사이 사회를 맡고 있는 마법사가 갑자기 사제를 호명하자 사십 대 후반쯤으로 보이는 사람이 조심스럽게 단상으로 나와서 섰다.

"이보게, 멀린, 갑자기 사제는 왜 나오는 거지?"

"그건 그만큼 이번 시험이 거칠다는 뜻입니다. 공신력 있는 신전의 사제를 불러 그로 하여금 시합 중 어떤 불상사가 일어나도 이의를 제기하지 않겠다는 서약을 하게 하려는 것이지요. 대전사로 나서는 사람들은 모두 기사급 이상의 신분을 가진 사람들이라 그들이 시합 중에 죽거나 크게 다치기라도 하면 문제의 소지가 크지 않겠습니까?"

"훗, 무슨 말인지 알겠네. 한마디로 사고가 날 경우 면피를 하기 위해 사제를 불렀다 이거로군."

"맞습니다."

숀이 보기에는 그야말로 웃기는 짓이었지만 한편으로는 이해가 되기도 했다.

마탑은 그 어떤 영지나 왕국에도 소속되어 있지 않기 때문에 오랫동안 생존하기 위해서는 이런 절차도 필요했을 터였다.

어쨌든 두 사람이 한쪽에 앉아서 이런 대화를 속삭이고 있을 때 이번에는 사제 구스티아누의 목소리가 들려왔다.

"그럼 오늘 대전사로 나서실 분은 앞으로 나와주십시오."

"여기 나가오."

기라성 같은 마법사들이 단상 뒤에 엄청난 포스를 풍기며 앉아 있었지만 숀은 뒷짐까지 진 채 느긋한 모습으로 단상에 올랐다.

구경을 위해 주변에 늘어서 있던 마법사들의 얼굴에 분노가 떠오르는 순간이다.

"이봐, 테른, 저자가 누구인지 알아?"

"멀린 마법사님은 원래부터 알고 있었지만 그분이 데려온 기사는 저도 처음 보았습니다."

그중 숀과 멀린이 이곳에 도착했을 때 안내를 맡았던 테른은 다른 마법사들의 그런 눈총을 고스란히 받게 되었다. 방금 그에게 말을 건 마법사는 마탑의 하위급 마법사들 사이에서 저승사자로 통하는 굴덴이라는 자였다.

그래 봤자 그 역시 4서클 마법사에 불과했지만 그것만으로도 마탑의 잡무를 담당하고 있는 마법사들의 규율 반장을 맡고 있었던 것이다.

"흥, 마나도 거의 없는 녀석이 감히 우리 탑주님과 장로님들이 앞에 계신데 저런 싸가지 없는 태도를 보여? 아주 죽고 싶어서 환장을 한 자 같구먼."

"그래도 멀린 마법사님께서 선택한 대전사입니다. 뭔가 한 수가 있지 않을까요?"

멀린과 친해서인지 테른은 그래도 의리를 지키고 있었다. 그리고 그들이 나누고 있는 이 모든 대화 내용은 숀의 귀에도 고스란히 전달되었다.

"얄팍한 잔재주나 있으면 모를까 한 수는 무슨… 저렇게 자신의 주제도 모르면서 겁 없이 덤비는 자들 때문에 사제님이 필요하게 된 거라고. 알겠나?"

"그렇군요. 하지만……."

"됐네. 자꾸만 그렇게 편을 들다가는 자네도 재미없을 테니 그만하게."

"알, 알겠습니다."

결국 힘없는 테른은 고개를 푹 숙이더니 더 이상 말을 하지 못했다.

계급이 깡패이다 보니 견딜 재간이 없었던 것이다. 숀은 거기까지 듣다가 자신을 앞에 두고 한참 뭔가를 읽어 내려가고 있는 구스티아노 사제를 바라보았다.

"에… 또 그래서… 그 어떤 불미스러운 상황이 벌어지더라도 마탑이 책임질 수 없다는 점은 이해하셨습니까?"

"그렇소."

"좋습니다. 그럼 이곳에 서명해 주십시오. 이것은 서로가 안전장치를 확보할 수 있는 내용이 적혀 있는 일종의 계약서입니다."

구스티아노가 내민 계약서에는 대전사로 나서서 싸우다가 죽는 경우에도 이의를 제기할 수 없다는 내용이 쓰여 있었다.

그뿐 아니라 만일 대전사가 이길 경우 그를 내세운 마법

사는 6 서클까지의 마법을 모두 무료로 배울 수 있다는 것
도 적혀 있었기에 숀은 별다른 말없이 그냥 서명을 했다.
사제의 말처럼 서로 불만을 가질 필요가 없는 안전장치가
맞다고 생각했기 때문이다.

"여기 있소."

"이로써 모든 절차는 끝났습니다. 데이몬 마법사님, 이제
계속 진행해 주시지요."

"감사합니다, 구스티아노 사제님. 그럼 이제부터 본격적
인 대결에 들어가겠습니다. 시험에 참가하실 분들은 모두
중앙으로 나와주시기 바랍니다."

기본적인 절차가 끝나고 나자 사회를 보고 있는 데이몬
이 조용한 목소리로 이렇게 말을 했지만 그의 말은 이곳에
모여 있는 모두의 귀에 또렷이 전달되고 있었다.

매직 보이스를 사용한 탓이다.

어쨌든 숀과 멀린도 시험장의 중앙으로 나섰으며 마탑주
와 무시무시한 포스를 뿜어내고 있는 이곳의 장로들도 하
나둘 내려왔다.

"자, 그럼 우선 양측 분들은 서로 인사부터 나누십시오."

"잘 부탁합니다, 숀 님."

"나야말로 잘 부탁하겠소."

형식적인 인사를 주고받는 동안 마탑의 장로들은 침묵을

지켰다. 탑주만이 예의 그 부드러운 말투로 인사할 뿐이었다.

게다가 세 명 다 로브를 뒤집어쓰고 있어서 나이가 몇 살인지, 남자인지 여자인지조차 구별이 되지 않을 정도다. 그 점이 손의 심기를 불편하게 만들었다.

'꼴에 장로라고 무게를 잡고 싶은 모양이로군. 어디 언제까지 침묵을 지킬 수 있나 두고 보자고. 큭…….'

그 때문에 시험이 시작되면 손은 가장 먼저 장로들부터 혼을 내주리라 결심했다.

원래 다수를 상대할 때는 상대방의 가장 강한 사람부터 처리해야 하는 것이 원칙일 텐데도 말이다.

"인사가 끝났으면 멀린 마법사는 장외로 물러나 주십시오."

"네!"

싸움은 대전사와 하는 것이니 너는 빠지라는 뜻이다.

멀린은 손만 전장에 두고 자신은 구경만 해야 하는 처지가 안타깝기는 했지만 그를 철썩같이 믿기로 결심했기에 태연한 신색으로 순순히 물러났다.

"그럼 지금부터 멀린 마법사의 대전사와 마탑 간의 시험을 시작하겠습니다!"

슈우우우… 퍼엉! 펑펑!

데이몬의 시험 시작 선언과 함께 화려한 불꽃이 피어올랐다. 라이트 볼이라는 마법으로 신호탄을 대신한 것이다. 그리고 동시에 마탑주와 세 명 장로의 모습이 갑자기 장내에서 사라져 버렸다.

2

마법사가 한순간에 사라지는 마법을 '섀도 매직'이라고 하며 이는 최소 5서클 마스터가 되어야 쓸 수 있다.

멀린은 거기까지는 알고 있었지만 정작 본인은 아직 시전 할 수 없었다. 핵심 마법이었기에 배울 수가 없었기 때문이다.

'시작부터 무섭게 나오는구나. 일단 섀도 매직을 사용하게 되면 30초에서 최대 1분까지는 바로 옆에 있어도 찾아낼 수가 없다. 그리고 그 시간이면 상대를 죽일 수 있는 공격 마법을 얼마든지 사용할 수 있다. 과연 어떤 마법을 쓸 것인지가 관건이겠구나. 휴우… 알려줄 수도 없고 이거 참 불안하네.'

시험이 시작되면 그 누구도 개입할 수 없다.

만에 하나 멀린이 손에게 마법사들의 마법이 무엇인지 말해준다면 그 순간 시험은 실패로 끝난다는 말이다.

그러니 그의 마음이 조마조마할 수밖에.

"지금이다! 윈드 블레이드~!"

슈슈슉~~!

"아이스 스톰~!"

쉬이익~!

"썬더 브레이크!"

콰콰쾅!

멀린이 걱정했던 대로 커다란 외침과 함께 허공에서 갑자기 무지막지한 공격 마법이 난사되기 시작했다.

우선 바람으로 만들어진 대형 검이 소름끼치도록 날카로운 모습으로 숀의 목을 노리고 날아들었다. 그리고 얼음 결정으로 이루어진 냉기 폭풍이 숀을 완전히 감쌌으며 그 뒤를 이어 무시무시한 마법 벼락이 몰아쳤다.

이 세 사람이 쏟아부은 공격 마법은 모두 5서클 마법인데다가 반경 십 미터 이내를 완전히 뒤덮고 있어서 인간이 피할 수 있는 수준이 아니었다. 그러나 재앙은 이게 끝이 아니었다.

"불 속에 모든 것을 가두리라. 파이어 월~!"

화르르륵~~!!

숀이 바람 검에 목이 잘렸는지, 아니면 꽁꽁 얼었다가 터져 버렸는지 알 수 없는 상황에서 그의 퇴로를 완벽하게 차단하는 엄청난 불의 벽이 사방에서 솟아올랐다.

어찌나 뜨거운 불길이던지 그곳에서 50여 미터 이상 떨어져 있는 관중들마저 놀라서 한참 더 뒤로 물러설 정도다.

"주, 주군……."

그 광경을 보며 멀린은 주먹을 꼭 쥔 채 이렇게 중얼거렸다. 생각 같으면 바로 달려가서 숀의 생사부터 확인하고 싶었지만 그를 믿기에 초인적인 인내로 참고 있었던 것이다.

"쯧쯧… 손 한번 써보지 못하고 끝났군. 하긴 감히 우리 탑주님과 장로님들께 도전을 했으니 당연한 결과겠지만……."

"정, 정말 무서운 분들이십니다. 저, 저런 마법들이 존재했다니……."

실력이 좋은 마법사들은 혀를 차며 숀의 어리석음을 비웃었으며 하위급 마법사들은 이 무서운 광경 앞에서 전율했다. 설혹 신이라 하더라도 저 안에서는 살아남지 못할 것 같았다.

그런데 바로 그때…

"시원하게 만들어주나 했더니 이게 뭐요? 다 큰 어른들이 불장난이라니……."

"저, 저럴 수가……."

"이, 이건 말도 안 돼!"

여전히 무지막지한 냉기 돌풍이 일어나고 있었고 바람의 검은 쉬지 않고 살벌하게 돌고 있는 데다가 마법의 벼락이 끊임없이 떨어지고 있었다. 그뿐인가. 그 주위에는 근처에 가기만 해도 불덩어리로 화해 버릴 만큼 지독한 불의 벽이 펼쳐져 있었는 데도 그는 너무나 태연한 모습으로 그곳을 뚫고 나오며 이렇게 중얼거렸다.

그런 것을 보았으니 다들 기절초풍할 수밖에.

"두 번째 공격을 시작하라!"

하지만 과연 탑주는 뭔가 달랐다. 그는 조금도 동요하지 않은 채 빠르게 다음 공격 명령을 내렸다.

"신체 능력을 감소시킨다! 위크니스!"

"모든 것을 불사른다! 플레어~!"

"연속 파이어 볼~!"

부아아아앙~~!!

"모든 것을 폭발시킨다! 버스트 랜드~!"

콰콰콰콰쾅~~!

숀의 움직임을 둔화시키고 그를 그 자리에서 불태워 죽이려는 듯 말로 형언하기 어려울 정도의 무서운 화염 공격이 뒤를 이었다.

조금 전보다 두 배는 섬뜩한 공격이다. 그래서인지 이번에는 손도 허리춤에 매달고 있던 검을 꺼내 들었다. 원래는 장식용 검이었지만 사람들이 이렇게 많이 구경할 때 가시적인 효과를 내기에는 딱이었다.

스르릉~~

"타핫!"

서걱~! 퍼엉! 샤샤삭~ 쨍!

손은 그 검에 눈부신 오러를 입히더니 자신을 향해 미친 듯이 퍼붓고 있는 마법을 향해 휘둘렀다. 그러자 구경하던 모든 마법사의 입이 쩍 벌어질 만한 일이 벌어졌다.

칼질이 일어날 때마다 쉴 새 없이 타오르던 불길이 산산조각 났던 것이다. 검으로 불을 쪼개다니… 이건 그냥 꿈이었다.

멍…

거기에 더 황당한 일은 불길이 사라진 다음에 일어났다.

세 명의 장로가 동시에 모습을 드러냈는데 기가 막히게도 그들이 뒤집어쓰고 있던 로브가 마치 걸레처럼 조각조각 찢어져 있었던 것이다.

그들은 그 상태로 반쯤 넋을 놓고 있었다. 이런 경우는 상상도 해본 적이 없었던 데다가 만에 하나 손이 그들을 죽이려고 마음만 먹었다면 죽을 수도 있었다는 것을 느끼고 있어서 더 그랬다. 어쨌든 그 덕분에 그들은 고스란히 늙은 얼굴을 드러낸 채 입을 벌리고 있는 모습을 모두에게 보이고 말았다. 과연 뒤끝 작렬 손다운 솜씨다.

"주, 주군… 역시 멋지십니다."

씨익…

"이 정도 가지고 뭘… 이제 시작일 뿐인데……."

장내에서 유일하게 멀쩡한 사람은 멀린과 손뿐이었다. 특히 멀린은 모두가 들으라는 듯 큰 목소리로 엄지까지 추켜세우며 이렇게 말했다. 그것을 보고 손도 뭔가 느꼈는지 기이한 썩소를 띠며 능글맞게 대꾸했다.

"과연… 대전사로 나설 만한 자격이 충분한 분이시군요. 소드 마스터셨다니… 미처 몰라뵈서 죄송합니다."

"그대들도 놀랍소. 하마터면 내가 당할 뻔했으니 말이오."

하지만 막상 마탑주가 다가와 이렇게 치하를 하자 손은 얼른 자세를 고쳤다.

그는 이처럼 상대방이 정중하게 나오면 함부로 굴지 않는 습성이 있었다. 그랬기에 겸손함도 보였다. 그래 봤자 이제는 그를 우습게 볼 사람은 단 한 명도 없었지만 방금 전만 해도 신나게 떠들던 마법사들은 아예 시선을 아래로 깔고 있을 정도다.

그가 소드 마스터임이 증명된 상황이니 오죽했겠는가.

"허허… 참으로 겸손하신 분이로군요. 그래서 평소에는 마나도 감추고 다니시는 것 같습니다그려."

"일부러 감춘 것은 아니오. 단지 내가 익히고 있는 검술과 마나 운공법이 약간 특이해서 그런 것뿐이라오."

아직 시험이 끝난 것은 아니지만 두 사람은 마치 오래전부터 알아온 사람들처럼 다정한 모습으로 대화를 나누었다. 그건 손도 마탑주가 마음에 들었다는 뜻이다. 그렇지 않았으면 그처럼 뒤끝이 지독한 인간이 절대 이런 식으로 대하지는 않았을 것이다. 물론 그의 이런 성향은 이곳에서 유일하게 멀린만이 감지할 뿐이었지만.

"아무튼 오랜만에 세상은 넓고 인재는 많구나 하는 진리를 다시 한 번 깨달았습니다. 그러나 아직 시험이 끝난 것은 아닙니다. 이제 저희들도 필살기를 꺼내야 할 것 같으니 귀공도 최선을 다하셔야 할 것입니다."

"그거 듣던 중 반가운 말씀이오. 나 역시 빨리 끝내고 급히 또 가봐야 하니… 그리고 생각해 주어서 고맙소."

"그럼……."

손의 대답에 탑주는 다시 한 번 고개를 숙여 예를 표하더니 두어 걸음 뒤로 물러났다. 그러고는 우렁찬 목소리로 이렇게 소리쳤다.

"최상의 대전사를 맞이했으니 우리도 최고의 승부수를

띄우겠다. 모두 연합 공격을 준비하라!"

"네!"

우우우우웅… 펄렁펄렁…

언제 멍했냐는 듯 그의 명에 대답하는 장로들의 태도가 돌변했다. 그들은 지금 자신이 가지고 있는 모든 마나를 하나로 모으고 있었던 것이다. 그 힘이 어찌나 강력한지 이제 누더기로 변해 버린 로브 자락이 쉴 새 없이 요동을 칠 정도였다.

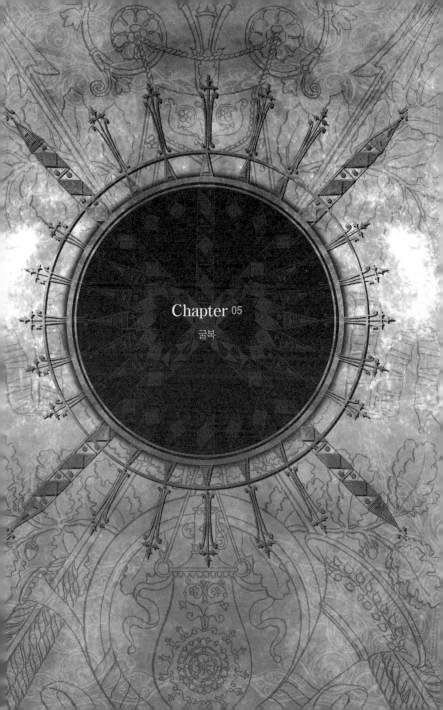

Chapter 05
굴복

건들면죽는다

1

두두두두!

　광활한 들판 위를 하얀색 말 한 마리가 미친 듯이 질주하고 있었다. 말 위에는 대략 이십 대 후반쯤 되어 보이는 사내가 앉아 있었는데, 얼마나 쉬지 않고 달려온 것인지 눈동자가 거의 풀려 있을 정도다.

　"흑흑… 제길~! 길을 잘못 드는 바람에 최소한 한나절 이상은 손해를 본 것 같구나. 대체 어떤 개자식이 푯말을 그따위로 세워놔서 이 고생을 시키느냐고! 늦으면 그 지랄 같은 양반에게 경을 칠 텐데… 씨팔……."

사실 어제까지만 해도 사내에게는 별문제가 없었다. 워낙 막중한 임무를 띠고 장거리를 달려야 하는 신세였지만 대신 보수가 두둑한 데다가 제시간 안에만 다녀오면 보너스까지 약속되어 있었다. 그러나 함정은 길을 알려주는 푯말에 숨어 있었다. 그가 가야 할 목적지를 전혀 엉뚱하게 표시해 놓았던 것이다. 그것도 모르고 열심히 달려갔던 그는 거의 반나절 이상을 달려가서야 잘못된 것을 알게 되었고 이처럼 미친놈처럼 질주를 해야만 하는 상황에 놓였던 것이다.

이건 마치 우연 같았지만 알고 보면 이 사건 뒤에는 아주 수상한 누군가가 숨어 있었다. 지금 이 사내가 타고 있는 말의 배에 붙어서 함께 달리고 있는 그림자 인간 말이다.

'호호… 이거 은근히 재미있는데? 처음에는 그저 이자를 지치게 할 목적으로 장난을 쳤던 것인데 그 덕분에 심심하지는 않겠어. 이렇게 흥분하면서 달리면 다음 마을에서는 완전히 곯아떨어지겠군. 어젯밤에도 편히 잘 수 없게 해놓았으니 말이야.'

검은 복면 밖으로 하얀 이를 드러내며 즐거워하고 있는 그림자 인간은 놀랍게도 욜라였다. 그녀는 지금 모종의 작전을 수행하기 위하여 이런 수고를 하고 있었던 것이다. 자신의 발밑에 여자 한 명이 매달려 있는데도 사내는 전혀 눈

치채지 못하고 있었다. 실로 그녀가 아니고서는 만들어낼
수 없는 기이한 일이었다.

"휴우… 드디어 마을이 보이는구나. 아주 어두워지기 전
에 도착해서 다행이다. 얼른 숙소를 잡고 늘어지게 자야지.
오늘은 술이고 뭐고 다 귀찮네."

그 상태로 또다시 한 시간 이상을 더 달렸으니 말도 주인
도 녹초가 될 만했다. 오죽했으면 술이라면 자다가도 벌떡
일어나는 사내가 곧장 여관으로 향했겠는가.

"샤워실이 있는 가장 좋은 방으로 주쇼."

"20실버입니다."

"비싸군. 자, 여기 30실버를 줄 테니 말이 쉴 곳과 먹이도
부탁하겠소."

"여부가 있겠습니까. 2층 2호실로 올라가십시오. 말은
제가 알아서 잘 챙기겠습니다요."

사내는 이번 일로 받은 경비가 두둑했기 때문에 여관 주
인에게 이렇게 선심을 썼다. 그러자 주인은 처음 무뚝뚝했
던 것과는 달리 단번에 싹싹해졌다. 그 모습을 보며 사내는
자신의 방으로 올라가서 샤워를 하고는 곧장 잠에 빠져들
어 버렸다.

"뭐야? 생각보다 더 싱겁네. 짜식, 피곤하긴 엄청 피곤했
던 모양이로군. 하지만 그렇다고 방심할 수는 없지. 아주

정신없이 잘 수 있도록 해주마."

그가 침대로 엎어지자 어느새 천장 위로 올라가 있던 욜라가 고개만 불쑥 내밀더니 혼잣말을 중얼거렸다. 물론 개미만큼 작은 목소리다.

스스슥….

그러더니 가느다란 실을 하나 꺼내서는 아래쪽으로 내리기 시작했다. 그 실은 자고 있는 사내의 입술 위에 정확히 멈추었다. 그것을 확인한 욜라는 이번에는 아주 소량의 어떤 액체를 실을 통해 내려보냈다.

똑…

"아으음~~!"

그것은 사내의 입안으로 떨어지더니 흔적도 없이 사라졌다. 그것도 모른 채 사내는 약 오 분 정도 몸을 뒤척이다가 이윽고 잠잠해졌다. 그러자 천장에서 욜라가 귀신처럼 아래로 내려왔다.

스르르… 척…

"아주 침까지 흘리면서 자는구나. 그럼 어디에 그것을 숨겨놓았는지 슬슬 찾아볼까?"

그녀는 이제 굳이 목소리를 죽이지도 않고 태연하게 떠들다가 사내의 품을 뒤지기 시작했다.

"찾았다. 그럼 잠시 동안 필체 연습을 좀 해볼까?"

율라가 찾아낸 것은 바로 칼론 왕국의 둘째 왕자 크리스티안이 직접 쓴 친필 서한이었다. 이 서한은 그가 테우신 백작에게 보내는 것으로, 거기에는 곧장 렌탈 영지를 공격하라는 내용이 쓰여 있었다. 만일 이 내용대로라면 렌탈 영지의 사람들은 모든 준비가 완전히 끝나기도 전에 전쟁을 해야 하는 상황이 벌어질 수 있었다. 그랬기에 율라가 이처럼 나섰던 것이다.

"친애하는 테우신 백작은 지금부터 내 명을 따를지어다. …중략…… 어쩌고저쩌고… 옳지, 이 부분이구나. 여기만 살짝 고치면… 호호……."

율라는 바로 공격하라는 문구 대신 앞으로 반년 정도는 자중하라는 내용을 적어놓았다. 겨우 몇 분 정도 필체 연습을 한 것 같았는데 크리스티안 본인이 봐도 자기가 쓴 글이라고 착각할 만큼 똑같은 필체다.

"됐다. 이제 테우신 백작의 답장만 바꾸어놓으면 되겠구나. 나중에 형한테 한턱 단단히 쏘라고 해야지… 킥……."

요즘 율라는 손을 떠올리는 것만으로도 말투에 표정까지 달라지고 있었다. 방금 평소라면 상상도 할 수 없을 만큼 귀여운 웃음을 터뜨린 것도 같은 맥락이다. 아직까지 본인은 그 점을 전혀 느끼지 못하고 있다는 것이 문제였지만.

어쨌든 다음 날, 날이 밝아오자 사내는 아무런 낌새도 눈치채지 못한 채 자리에서 일어났다. 욜라가 굳이 처음부터 약을 먹일 생각을 하지 않고 그를 뺑뺑이 돌린 이유가 바로 이것이었다. 당한 자가 완전히 자연스럽게 여기게 만드는 것. 그게 그녀의 또 다른 무서움이다.

"아우우우~~ 너무 잘 잤더니 피로가 싹 가시는 것 같군. 아직 이른 시간이니 오늘만 열심히 달리면 보너스를 받는 것도 불가능하지는 않겠어. 물론 테우신 백작이 답신을 빨리 줄 때 이야기겠지만……."

사내는 말을 타기 전에 다시 한 번 기지개를 길게 켜더니 이렇게 중얼거렸다. 그러고는 또다시 힘껏 박차를 가했다. 하지만 이번에는 말의 배에 아무도 매달려 있지 않았다. 이미 자신의 할 일을 끝낸 욜라가 먼저 테우신 영지로 떠났기 때문이다.

"룰루~ 랄라~! 이 작자의 성은 역시 마음에 든다니까. 천장이 이렇게 넓으니 말이야."

그리고 그녀는 사내가 도착하기 두 시간 전에 먼저 도착해 테우신 백작만 쓰는 편지지를 몇 장 훔쳐 내어 천장 위에 자리를 잡고 있었다.

"하도 들랑거린 데다가 저자의 필체를 자주 본 덕분에 굳이 연습할 필요도 없겠어. 대신 곧바로 렌탈 영지 공격에 나설 수 없는 테우신의 심정을 구구절절이 써야 하는 것이 골이 아프긴 하지만 말이야. 하아… 한 턱 가지고는 안 되겠지? 그래, 형을 위한 일인데 이쯤이야 못할까. 호호…….''

그녀는 이때부터 천장 위를 뒹굴뒹굴하며 기가 막힌 편지를 쓰기 시작했다. 그 편지의 발신자는 테우신 백작으로 되어 있었고 수신자는 크리스티안 왕자였다. 그리고 그 편지가 완성되었을 즈음에 사내가 나타났고, 그것을 테우신이 쓰고 있는 봉투에 완벽히 봉인했을 때 사내가 테우신으로부터 진짜 답신을 받아 성을 나서기 시작했다. 말의 배에 또다시 욜라를 부착한 채 말이다. 그렇게 사내는 달리고 또 달렸다.

2

통상 마법사들이 함께 공격을 하는 경우는 그리 흔치 않다. 특히 그들은 자존심이 강하기 때문에 한 사람을 두고 연합으로 공격하는 일은 거의 없었다. 그러나 실제로 그런 일이 벌어진다면 그 힘은 엄청날 게 분명했다. 바로 지금처럼 말이다.

쿠우우우… 파르르르…

5서클 마스터 세 명과 6서클 마스터 한 명이 모든 마나를 끌어올리자 주위의 공기까지 심하게 요동치기 시작했다. 그 위력이 어찌나 강하던지 앞에 서 있는 숀의 옷자락까지 펄렁거릴 정도다.

"으으… 드디어 시작됐다. 탑주님과 장로님들의 무서운 연합 공격이……."

"말은 들어봤지만 실제로 이런 일을 보게 될 줄이야… 이, 이게 꿈은 아니겠죠?"

그 모습을 지켜보던 마법사들 가운데 굴덴이라는 자가 몸까지 떨어가며 기대에 찬 목소리로 이렇게 말을 했다. 그러자 테른도 그에게 동조하듯 한마디 거들었다.

"쉿! 조용. 드디어 시작이다."

"……."

그러나 굴덴이 손가락을 입에 대며 주의를 주자 곧 두 사람뿐 아니라 장내의 모든 사람은 입을 다물고 주먹을 꼭 쥔 채 긴장한 얼굴로 중앙을 주시했다. 그건 멀린도 마찬가지였다. 아니, 어쩌면 그가 가장 크게 긴장하고 있을 터였다. 숀에 대한 걱정 때문에 그런 것인데 막상 그 당사자를 바라보던 멀린은 결국 피식 웃고 말았다.

"그럼 그렇지. 역시 주군다우시네. 이 와중에 하품이라니… 큭큭……."

황당하게도 이 순간, 숀은 기지개까지 켜면서 길게 하품

을 하고 있었던 것이다. 그러다가 기껏 한마디 던진 것이
더 가관이었다.

"하아암~! 싸우다가 다들 어디 갔소? 뭔 준비 동작이 이
렇게 긴 거요? 혹시 이 마법은 성질 급한 놈 기다리다가 미
쳐 죽게 만드는 종류라도 되는 거요?"

파라라라락~!

"저, 저자가 감히!"

손의 그 한마디에 탑주 등의 로브 자락은 더욱 심하게 펄
럭였고 구경하던 마법사들은 크게 흥분했다. 양쪽 다 화가
난 모양이다. 하지만 손의 비아냥거림은 그저 단순히 약 올
릴 목적은 아니었다. 그는 단번에 탑주 등이 펼치려는 마법
의 약점을 알려준 것뿐이었다. 이게 시험이니 참고 있는 것
이지 진짜 싸움이었다면 마법사들이 마나를 끌어올리기 전
에 벌써 공격을 했을 테니 말이다. 그것을 느낀 것인지 마
침내 탑주의 입에서 일갈이 터져 나왔다.

"스페이스 컬랩스(공간 붕괴) 발동!"

"동, 파이어~!"

화르륵~!

"서, 워터~!"

촤아아아~!

"북, 윈드~!"

휘이잉~!

그러자 각각의 장로 입에서 이런 외침과 함께 사대 원소 가운데 세 개에 해당하는 속성의 마법이 쏟아져 나왔다. 그것들은 성질이 다름에도 하나로 합쳐져 손을 중앙에 둔 채 그 주변을 빠르게 돌기 시작했는데 그 반경이 어마어마했다. 무려 50미터에 달했던 것이다.

"모두 더 뒤로 물러나라!"

"어서 뒤로!"

우르르르….

이건 그냥 회오리가 아니다. 용암보다 뜨거운 불길에 얼음보다 차가운 물, 그리고 피부를 찢어낼 만큼 강력한 바람이 휘도는 죽음의 회오리인 것이다. 그것을 알고 있던 고위급 마법사의 외침에 구경하던 이들이 모두 빠르게 뒤로 물러섰다. 어째서 이 시험장이 이토록 거대했던 것인지 그 이유가 밝혀지는 순간이기도 했다. 하지만 그게 끝이 아니었다. 아직 마탑주가 남아 있는 것이다.

"대지의 힘이 모든 것을 삼킨다. 유니온 랜드~!!"

우르르룽~~ 쿠콰콰콰쾅~~!

"실드~!"

"으악!"

"피, 피해라!"

네 가지 기운이 하나로 완전히 합쳐짐과 동시에 무시무시한 폭발이 지하 시험장 전체를 삼켜 버렸다. 그나마 구경을 하던 마법사들은 벽에 거의 붙어 있었거나 일부는 고위급 마법사들이 실드 마법을 펼쳐 주었기에 큰 피해를 입는 것은 피할 수 있었다. 그러나 동작이 더딘 몇 명과 미처 실드 범위 안에 들어가지 못한 마법사들은 그대로 기절을 했을 정도로 유니온 랜드라는 마법의 위력은 엄청났다.

"멀린 마법사님, 감사합니다. 덕분에 살았습니다."

"감사합니다, 멀린 마법사님!"

특히 이때 멀린의 활약은 두드러졌다. 그가 펼친 6서클의 실드가 꽤 많은 마법사들을 구했던 것이다. 그로 인해 구함을 받은 마법사들은 너도 나도 그에게 다가와 감사의 인사를 전했는데 그 가운데는 테른과 굴덴도 있었다.

"해야 할 일을 했을 뿐이니 어서 다들 비키시오. 주, 주군의 상태부터 확인해 봐야겠소."

이미 시험장 중앙은 완전 초토화된 상태였다. 그곳은 아예 꺼져 버려서 거대한 구멍이 생성되어 있었다. 멀린이 아무리 손을 믿는다고 해도 이건 정말 아닌 것 같았다. 그랬기에 구멍으로 다가가는 그의 몸은 쉴 새 없이 떨리고 있었다.

"주, 주군… 설마 돌아가신 것은 아니……."

"쯧쯧… 아직도 믿음이 부족한 겐가?"

슈슈슈… 쑤욱~!

그가 눈물까지 흩날리면서 구덩이를 향해 다가갈 때 갑자기 이런 대답과 함께 손이 그 안에서 천천히 올라오다가 갑자기 불쑥 나타났다. 심지어 공격을 받기 전과 조금도 변함없는 모습이다.

"오, 주군!"

"저, 저럴 수가……."

"맙소사!"

그러자 멀린은 물론 모든 마법사의 입에서 믿을 수 없다는 탄성이 흘러나왔다. 그 가운데 가장 크게 놀란 사람은 마탑주 그레고리였다.

"이, 이럴 수가… 소드 마스터임을 감안하고 펼친 최고의 공격이었거늘… 어떻게… 어떻게 이런 일이……."

"이것 보시오, 마탑주. 조금 전 당신들이 나를 공격하기 시작했을 때 내가 무슨 생각을 했는지 아시오?"

"무, 무슨 생각을 하셨습니까?"

그레고리가 땅에 주저앉은 채 허탈한 음성으로 이렇게 중얼거리자 손이 여전히 허공에 떠 있는 상태로 뜬금없는 질문을 던졌다.

"오늘 이후로 이곳 동마탑을 지상에서 사라지게 할 생각이었소."

"헉! 그, 그런……."

숀이 충격적인 말을 했지만 그 누구도 곧바로 반박하지 못했다. 워낙 그의 신위가 엄청나 감히 그럴 수가 없었던 탓이다.

"아무리 시험이라지만 사람을 함부로 죽이려 하는 것은 절대 용서할 수 없거든. 하지만 당신이 남긴 마지막 자비가 그 생각을 바꾸게 하였소. 그 점을 두고두고 명심하시오."

"저희 마탑의 고충이 있어서 그럴 수밖에 없었지만 더 이상 변명은 하지 않겠습니다. 귀인께서 저희의 잘못을 용서해 주셔서 진심으로 감사드릴 뿐입니다. 당신들도 어서 귀인께 인사드리시오!"

"감사합니다, 귀인이시여!"

탑주를 비롯해 장로들마저 고개를 숙이자 모든 마법사가 동시에 고개를 숙였다. 그들 역시 믿을 수 없는 초인의 출현에 진심으로 감동한 것이다. 이제 더 이상 숀이 손을 쓸 필요도 없었다. 이미 탑주를 비롯해 장로들까지 거의 탈진한 상태인 데다가 그가 멀쩡한 것만으로도 승부는 벌써 난 상황이기 때문이다.

"됐으니 이제 일어나시오. 나 역시 어째서 그대들이 이런 시험을 만들어놓은 것인지 조금쯤은 이해할 것 같소. 강한 마법이 함부로 돌아다니지 못하게 하기 위함이 아니오?"

"맞습니다. 그렇게 생각해 주셔서 감사합니다. 그럼 지금부터 시험을 마무리하겠습니다. 괜찮겠지요?"

"당연하오."

그레고리가 아까보다 더욱 공손한 태도로 이렇게 말을 하자 숀도 천천히 허공을 밟고 내려오며 고개를 끄덕였다. 마법사들 앞에서 마법보다 더 신기한 재주를 보이고 있는 것이다.

"모두 장내를 원래대로 수습하라!"

그 모습을 지켜보던 그레고리 역시 살짝 감탄을 하는 것 같더니 이윽고 큰 목소리로 이렇게 외쳤다. 완벽한 굴복이나 마찬가지였지만 그는 조금도 억울하다는 생각을 하지 않았다. 그러기에는 숀이 던져 준 충격이 커도 너무 컸다고 할 수 있었다.

"네! 마법 기관을 가동하라!"

"가동~!"

그그그긍… 그으으으…

사방에서 누군가가 대답을 하더니 곧 괴이한 기계음이 들려오기 시작했다. 그렇게 얼마의 시간이 지나자 숀과 멀린의 눈이 부릅떠졌다.

"오, 이런 기관이 되어 있었다니… 정말 놀랍소!"

"그러게 말입니다. 이거야말로 실용 마법의 정점인 것 같습니다!"

보라… 완전히 꺼져 버렸던 바닥이 완전히 새롭게 올라오고 있었으며 다른 곳 역시 깨졌거나 부서진 곳이 모두 다시 복원되고 있는 것 아닌가. 이것은 절대 과학의 힘이 아니었다. 바로 마법과 과학이 결합되어 나타나는 현상인 것이다. 숀은 잘 몰랐지만 멀린은 이 점을 똑똑히 알 수 있었다. 또한 이런 경이로운 실용 마법을 펼친 사람들이야말로 오늘날 동마탑을 이처럼 우뚝 설 수 있게 한 마법사들이라는 것도.

어쨌든 그렇게 장내가 다시 완벽하게 복원이 되자 그레고리가 다시 입을 열었다.

"멀린 마법사는 앞으로 나오라."

"네, 탑주님."

"귀인께서 승리하셨으니 이제부터 그대는 이 마탑의 6서클까지의 마법은 얼마든지 배워갈 수 있게 되었다. 진심으로 축하한다. 부디 새로 얻게 될 마법으로 많은 사람들에게 도움이 되기를 바라겠노라."

"감사합니다! 탑주님. 주군! 이게 모두 주군 덕분입니다. 정말 감사합니다!"

멀린이 아이처럼 좋아하면서 자신에게 절을 하자 숀은

뒤통수를 긁적이며 딴청을 부렸다. 그건 자신도 그만큼 기쁘다는 뜻이었다.

3

멀린이 마탑 안에서 마법을 익히는 데 걸린 시간은 고작 오 일이었다. 마법은 마나 서클을 높이는 것이 힘들지 서클만 형성되어 있으면 활용하기는 그리 어렵지 않았기에 생각보다 빨리 배울 수 있었다.

그렇지만 그사이 그가 익힌 마법은 실로 엄청났다.

"정말 마탑을 떠나도 괜찮겠는가? 그곳에 남아 있으면 확실히 실력을 향상할 수 있는 기회가 있을 텐데도?"

"물론입니다. 저는 그냥 멀린 마법사님께 마법을 배우고 싶습니다. 허락해 주십시오."

멀린이 마법 공부를 마치고 돌아가려던 그때, 테른이 찾아와 함께 가기를 청했다. 그는 지난 며칠 동안 멀린의 시중을 들어주다가 그의 인간적인 대우에 완전히 감복한 상태였다.

"어떻게 할까요? 주군."

"마법과 마법사에 관해서는 모두 자네 관할이라고 할 수 있지. 그러니 이번 일도 자네 마음이 내키는 대로 결정하게."

테른은 예전부터 멀린이 좋아했던 후배다. 아직 젊어서
그런지 그는 부지런했으며 또한 순수했다. 과거에는 자신
의 실력을 향상시키는 데만 급급할 수밖에 없어서 여유가
없었지만 이제는 달랐다. 그는 이미 대륙 전체를 놓고 서열
을 매겨보아도 상위권 안에 들어갈 만큼 대단한 마법사가
되어 있지 않은가.

"주군께서 허락하셨으니 나도 그렇게 하도록 하지. 대신
지금 당장 탑주님께 가서 정식으로 마탑에서 떠나겠다고
말씀드리고 오너라."

"알겠습니다! 감사합니다, 멀린 마법사님! 그리고 귀인이
시여! 그럼 다녀오겠습니다!"

후다닥~!

멀린의 말이 끝나기 무섭게 테른은 이처럼 인사를 하고
는 번개처럼 마탑주의 거처로 미친 듯이 뛰어갔다. 그만큼
좋은 모양이다. 물론 이런 경우 탑주가 허락하지 않게 되면
발이 묶일 수도 있었지만 그런 일은 거의 없을 터였다. 손
의 너그러움에 감사하고 있는 탑주가 겨우 2서클 마법사 한
명 때문에 점수 깎아먹을 일은 없을 테니까.

"잘 선택했네. 내가 보기에도 저자는 쓸 만하거든."

"그렇습니까? 그런데 어떤 점을 보고 그런 생각을 하셨

는지요?"

테른이 사라진 후 숀이 이런 말을 꺼내자 멀린이 얼른 다시 물었다. 자신이야 원래부터 알던 사람이니 그의 인간성을 판단하기가 수월하지만 숀은 이곳에 와서 처음 본 사이 아니던가. 그런데도 단언하듯 말을 하니 궁금할 수밖에.

"며칠 전 마탑주와 장로들의 시험이 있을 때 저자가 떠드는 말을 들었거든. 그런데 제법 자네에 대한 의리를 지키려고 하더군. 의리가 있으면 충분하지 않을까?"

"아… 그렇군요. 휴우… 주군께서는 정말 대단하십니다. 그 긴박한 와중에도 테른 같은 하위급 마법사의 말까지 귀담아 들으셨다니… 보통 사람은 흉내도 내지 못할 일입니다."

일부러 들으려고 들은 것은 아니었지만 굳이 그런 말까지 할 필요는 없을 터. 그랬기에 숀은 그저 빙그레 웃기만 했다. 그러다가 문득 생각난 것이 있는지 다시 입을 열었다.

"마탑에서 나가자마자 나는 저자의 실력을 조금 높여줄 생각이야. 일단 3서클은 되어야 심부름이라도 시킬 것 아니겠어?"

"우와~! 테른, 저 녀석 그야말로 땡잡았는데요? 말이 그렇지 2서클 마법사와 3서클 마법사는 차원이 다르거든요.

마법에 입문해 어느 정도만 노력하면 2서클까지는 올라갈 수 있습니다. 하지만 3서클은 재능과 노력이 필요한 것은 물론 능력 있는 스승도 있어야 하기 때문에 절대 쉽지 않지요. 영지 같은 곳에서도 3서클은 되어야 정식으로 마법사다운 대우를 해주니까요. 아마 모르긴 몰라도 그렇게만 해주시면 주군을 위해 기꺼이 목숨까지 바칠 것입니다."

예전 같으면 배가 아팠을지도 모른다. 그러나 멀린은 지금 테른의 능력이 향상되는 것을 진심으로 기뻐하고 있었다. 그만큼 그의 그릇도 커진 것이다.

'마탑에 있으면서 마법에 관한 책을 많이 읽어볼 수 있었지. 그리고 이제는 알 수 있다. 내가 마나 서클을 올려줄 수 있는 것도 무한정은 아니라는 것을… 멀린은 나를 만날 때부터 기본 소양이 어느 정도 갖추어져 있었기에 쉽게 올려줄 수 있었지만 보통 마법사는 그것도 한계가 있을 것 같더군. 그렇다고는 해도 4서클까지는 얼마든지 가능할 것 같아.'

누구보다 두뇌가 뛰어난 손이다. 게다가 그는 인체에 대해 해박한 지식이 있었으며 기는 물론 마나의 성질도 이제 잘 알고 있었다. 그랬기에 마탑 도서실에 있던 마법 관련 서적만 읽고도 이런 사실을 알아낼 수 있었다. 그 때문에 멀린의 가치가 생각보다 높다는 것을 깨닫게 되기도 했다.

"다녀왔습니다!"

"허락은 받았느냐?"

"네! 탑주님께서 말씀하시기를 귀인께서는 앞으로 큰일을 하실 분이라며 무조건 잘하라고 신신당부까지 하셨습니다!"

그러는 사이 테른이 다시 나타났다. 그는 완전히 들뜬 얼굴로 이렇게 말을 하더니 갑자기 숀과 멀린을 향해 넙죽 절을 했다.

털썩!

"앞으로 충성을 다하겠나이다, 귀인이시여. 그리고 멀린 마법사님!"

"하하하! 멀린, 자네와 달리 패기가 넘쳐서 좋군 그래. 자, 그럼 이제 떠나볼까?"

"허허허… 그러게 말입니다. 테른, 무엇을 하고 있는 게냐? 어서 가서 마차를 불러오지 않고."

"네? 아, 네! 냉큼 다녀오겠습니다!"

후다닥~~!

이렇게 해서 숀과 멀린, 단 두 사람만 함께 왔던 여행에 새로운 일행이 생겼다. 그는 아직 젊었으며 마법사답지 않게 매우 순박했다.

"어서 타시지요."

"고맙군."

마탑주와의 정식 인사는 진작 했던 상황이다. 그런 데다가 손은 워낙 번잡스러운 것을 싫어해서 그들은 고작 몇몇 마법사의 배웅만 받으며 마탑을 나섰다. 하지만 탑의 6층 창가에는 탑주 그레고리와 그의 제자 옥토르겐, 그리고 평소 잘 나타나지 않던 세 명의 장로가 손 일행이 떠나는 모습을 지켜보고 있었다.

"드디어 가는군요. 그를 이대로 그냥 보내도 괜찮을까요?"

"아니면? 자네가 막아보게?"

"그, 그건 아니지만……."

장로 중 가장 나이가 많아 보이는 사람이 한마디 하자 탑주는 반어적으로 은근히 그를 나무랐다.

"우리는 이미 제국이나 왕국의 일에 개입하지 않기로 맹세한 사람들일세. 특히 제국의 힘이 아무리 강하다고 해도 그들의 개가 될 수는 없는 노릇 아닌가."

"휴우… 그건 그렇습니다."

두 사람이 대화하는 내용으로 보아 제국의 입김이 이곳까지 작용했던 모양이다. 하지만 그레고리는 이미 그들에게 중립을 선언한 것 같았다.

"자네들도 봤지? 저분은 이미 대륙 최고라는 잭 칼츠 공작의 수준을 넘어섰네. 잭 칼츠 공작이라고 해도 우리들의 합공을 그처럼 쉽게 받아내지 못했잖은가."

"그, 그랬지요. 비록 결국 우리가 패배하기는 했습니다만 최소한 저분과 싸울 때처럼 처참하지는 않았으니까요."

놀랍게도 이들은 대륙 최강자라는 잭 칼츠 공작과도 겨루어본 적이 있었던 모양이다. 물론 세상에는 알려지지 않은 비사이겠지만.

"저분이 무엇을 하려는지, 또 어떤 식으로 세상을 놀라게 할지는 아직 짐작조차 할 수 없지만 한 가지만큼은 분명하다네."

"그게 무엇입니까?"

"……."

장로가 급히 되묻자 그레고리는 잠시 침묵을 지켰다. 그러다가 결국 천천히 입술을 떼었다.

"앞으로 대륙에 엄청난 위명과 함께 등장하리라는 것 말일세. 그리고 그리 긴 시간을 함께한 것은 아니지만 지난 며칠 동안 저분과 대화를 나누며 나는 또 한 가지를 깨달았지. 평소에는 한없이 너그럽고 부드러운 사람이지만 그가 화나면 왕국 하나쯤은 그대로 박살 날 수도 있다는 것을 말이야."

"그, 그럴 수가……."

"그런 데도 제국의 편에 서고 싶은가? 그런 분의 존재를 알렸다가 아예 우리 마탑을 사라지게 만들고 싶은가 이 말일세!"

"아닙니다! 제가 잘못 생각했습니다! 절대로 저분의 존재를 그 누구에게도 발설하지 않겠습니다!"

장로가 급히 이렇게 대답하던 바로 그 순간, 실로 소름이 쭉 끼치는 일이 벌어졌다.

[잘들 생각하셨소. 오늘 그대들의 그 선택이 마탑의 흥망을 결정한 거나 마찬가지요. 앞으로 우리 잘해봅시다. 하하하!]

그곳에 있던 모두의 뇌리 속으로 숀의 이런 말이 들려왔던 것이다. 그가 타고 있는 마차는 벌써 시야에서 사라진 지 오래인데 말이다.

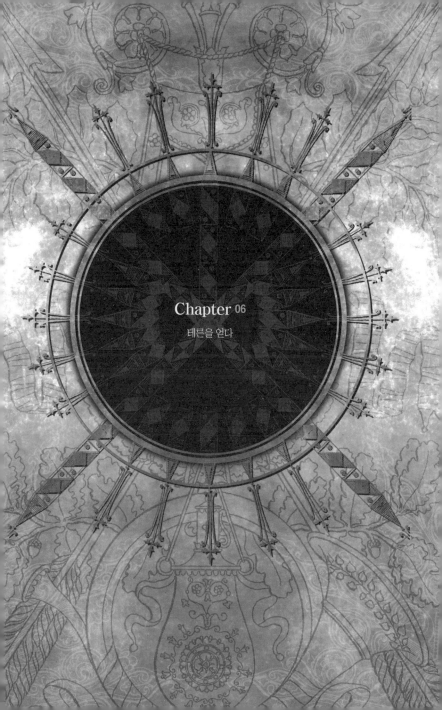

Chapter 06

테른을 얻다

건들면죽는다

1

마탑에서 출발해서 첫 번째 마을까지 약 세 시간 정도는 마차를 타고 참으로 편하게 여행을 했다. 그러나 그곳을 지나고 제법 깊은 산이 보이면서부터 그들의 운명은 달라지고 있었다.

"자, 이쯤에서 내리면 되겠군."

"네? 이곳에서 내리신다고요? 그건 왜……."

"주군께서 내리라면 내리는 것이지 왜 그렇게 말이 많나?"

내내 잘 가던 손이 갑자기 산중에서 내리겠다고 하자 그를 잘 모르는 테른이 고개를 갸웃거리며 이렇게 물었다. 그러자 멀린이 대뜸 호통을 쳤다. 그는 이미 숀이 어째서 마차를 세운 것인지 짐작이 되었기 때문이다.

"마차는 보내고 다들 이쪽으로 가자."

"네! 주군!"

숀이 숲 속으로 이동하면서 이렇게 말을 하자 멀린이 잽싸게 마부에게 다가갔다. 그러고는 약속했던 마차 대여료와 팁까지 얹어 주고는 그를 돌려보냈다. 그 모습을 지켜보던 테른은 한 가지 의문점이 생겼다.

'엄청난 실력을 가진 귀인과 무려 6서클에 도달한 마법사가 함께 움직이는데 어째서 호위 기사나 하다못해 마차도 없지? 그것 참 이상하네.'

그의 이런 생각은 지극히 타당했다. 이미 숀은 소드 마스터—실제는 더 상위겠지만— 중에서도 최상위의 실력자임이 확인된 상태다. 테른이 아무리 마법사라지만 그 정도의 실력자가 가진 힘을 모를 정도는 아니다. 게다가 멀린은 자신이 감히 제대로 볼 수 없을 만큼 높은 경지인 6서클의 마법사가 아니던가. 그렇게 대단한 사람들이 장거리 여행을 하면서 마차나 호위 기사 한 명 없으니 이상한 생각이 드는 것은 당연했다.

"테른이라고 했나?"

"네! 귀인이시여."

"그런 호칭은 듣기 거북하군. 앞으로 나를 주군으로 모시는 것이 어떻겠느냐?"

마차가 사라지고 나자 주변에는 인적이 아예 없었다. 게다가 꽤나 추운 날씨여서 테른은 왠지 더욱 움츠러들고 있었다. 그럴 때 손이 그를 부르더니 이런 말을 건넸다. 그러자 그는 자신도 모르게 멀린의 눈치를 보다가 뭔가를 결심했는지 입을 열었다.

"제가 앞으로 스승님으로 모실 분의 주군이십니다. 그런데 제가 어찌 감히 그 명을 거역하겠나이까. 충성을 바치겠습니다, 주군!"

"하하! 좋구나. 오늘 이처럼 충성스러운 수하를 얻었으니 내 어찌 가만히 있을 수 있겠느냐. 어서 이쪽으로 와서 내 앞에 정좌를 해보아라."

"정, 정좌를요? 알, 알겠습니다. 웁스!"

손의 앞에는 바닥이 제법 평평한 바위가 있었다. 그는 그곳에 테른을 앉게 하였는데 당사자인 테른은 그 자리에 앉자마자 기겁을 했다. 비록 억지로 참기는 했지만 엉덩이를 통해서 몹시 차가운 기운이 올라오는 바람에 부들부들 떨 수밖에 없었다.

"추운가?"

"아닙니다!"

"걱정하지 마라. 내 금방 따뜻하게 해줄 것이다. 그러니 추위도 참고 눈을 감은 다음 마나를 연공해 보아라."

"네, 네⋯⋯."

숀의 말을 따르면서도 테른은 떨리는 몸을 쉽게 주체할 수 없었다. 그가 최소한 마나 수준이 3서클만 되었어도 이 정도 추위는 충분히 이겨낼 수 있었겠지만 그건 아직 꿈같은 이야기였다. 그런데 그때 갑자기 그의 등에 숀의 손이 살짝 닿았다.

"지금부터 너의 몸에서 무슨 일이 일어나도 당황하지 말고 마나 연공에만 집중해라. 할 수 있겠느냐?"

"네, 해보겠습니다."

그가 무슨 짓을 할지는 전혀 알 수 없었지만 최소한 자신에게 해를 끼칠 일은 없다고 생각했다. 그랬기에 그는 힘차게 대답했다.

"그럼 시작할 테니 무조건 참아라."

"우웁⋯ 흐으으⋯⋯."

덜덜덜.

숀의 말이 끝나기 무섭게 그의 손에서부터 알 수 없는 기운이 흘러나와 테른의 몸속으로 스며들기 시작했다. 그러자 테른은 소스라치게 놀랄 수밖에 없었다. 그 기운은 뜨거운 데다가 강렬해서 도대체 어떻게 해야 할지 갈피를 잡지 못하게 하고 있었다. 바로 그때, 또다시 손의 차가운 목소리가 그의 뇌리 속으로 파고들었다.

[정신 차려라! 그리고 아까 말했듯이 무조건 평소 마나를 연공할 때처럼 집중해라!]

"끄으으……."

그 소리에 대답을 하고 싶었지만 테른은 알아들을 수 없는 신음만 흘렸다. 그러는 사이에도 신비로운 기운은 계속해서 그의 몸 안을 휘젓고 다녔다.

'멀린을 통해 몇 번 해봐서 그런지 이번은 확실히 쉽구나. 잘 하면 3서클 마스터 수준까지 단숨에 올려줄 수 있겠군.'

자신의 내공을 기로 바꾼 다음 그것을 마나의 흐름에 맞게 투여해 주는 것이 지금 손이 하고 있는 일이었다. 처음 멀린에게 주입을 해줄 때는 마나의 특성을 잘 몰랐기에 위험한 순간이 조금 있었지만 지금은 완전히 달랐다. 비록 테른의 수준이 너무 낮아 본인은 진땀을 흘려가며 힘들어 했지만 그건 앞으로 얻게 될 행운에 비하면 아무것도 아니었다.

"끅… 흐드드드……."

흔들흔들.

손이 기를 이용해 테른의 내부 혈도를 십이주천 시키고 있는 동안 그는 그야말로 초인적인 인내력을 발휘해 참고 또 참았다. 여기서 만일 그가 참지 못하고 크게 움직이거나 혹은 기절을 해버렸다면 3서클 입문 정도에서 끝이 났을 것이다. 그러나 그는 잘 참아내고 있었다.

'이자는 보기보다 참을성이 뛰어나구나. 이런 면은 멀린보다 나은 것 같군. 잘만 하면 생각보다 쓸 만하겠어. 내공을 익히는 것도 그렇고 마나를 쌓는 것도 그렇고 가장 중요한 것은 참을성이라고 할 수 있으니… 지켜보다가 충성심도 믿을 만하면 좀 더 빠르게 성장시켜야겠어.'

현재 나이는 테른이 두 살 정도 많았지만 정신연령은 손이 훨씬 높다. 그랬기에 그는 오만 가지 인상을 쓰며 참고 있는 테른이 귀엽게 느껴지고 있었다. 누가 이런 그의 감정을 알게 된다면 혀를 찰 일이다. 하지만 어쨌든 테른에게는 그야말로 복이 넝쿨째 굴러 들어오는 격이라고 할 수 있었다. 그가 이런 결심을 한 이상 그 역시 조만간 상당한 실력의 마법사로 재탄생할 수 있을 테니 말이다.

[거의 다 왔으니 조금만 더 참아라. 명심할 점은 이제 곧 정말 참기 어려운 순간이 올 터인데 그때는 더욱 이를 악물고 참아내라. 반드시 그래야 한다. 알겠지?]

"으으으……."

테른이 손의 말을 알아들었다는 듯 이상한 소리를 내는 그때, 그의 몸 안을 돌던 기가 더욱 세차게 들끓더니 어느 순간 그 안에서 폭발하고 말았다.

퍼어어엉~!

"흐읍… *끄으으*… *끄으*……."

부들부들.

동시에 테른의 몸이 미친 듯이 앞뒤로 흔들렸고 그의 입 가에서는 피가 흘러내렸다. 내부를 다쳐서가 아니라 손의 말대로 참으려 하다가 입술을 깨무는 바람에 흘러내린 피 였다.

[잘했다. 이제부터 천천히 너의 몸 안을 살펴보아라. 그 러면 또 하나의 서클이 생성된 것을 알 수 있을 것이다. 지 금 네 몸 안을 떠돌고 있는 마나를 모두 모아 거기에 담으 면 된다.]

손이 혜광심어를 이용해 거기까지 말을 해주고는 곧 손 을 떼고 뒤로 물러섰다. 그러자 멀린이 언제 준비한 것인지 수건을 가져와 그에게 건네주었다.

"수고하셨습니다, 주군. 저 녀석은 오늘 제대로 복 터졌 습니다."

"후후… 기초는 마련해 주었으니 이제 자네 일만 남았네. 진짜 나의 수하가 되려면 빨리 강해져야 하지 않겠는가."

"물론입니다. 주군께 부끄럽지 않도록 제가 꼭 쓸모 있는 녀석으로 만들어놓겠습니다."

"믿어보지."

숀은 이렇게 대답을 하다가 무슨 낌새를 느꼈는지 갑자기 허공 한곳을 쳐다보았다. 그리고 거의 같은 순간 테른이 눈을 떴다.

2

"오오~ 이럴 수가… 주군! 대체 저에게 무엇을 해주신 것입니까? 제 마나 서클이… 서클이 글쎄……."

"3서클 마스터가 되었나?"

테른은 눈을 뜨자마자 정신 나간 사람처럼 떠들기 시작했다. 하긴 마법에 입문한 지 11년 동안 이런 경우는 들어본 적도, 생각해 본 적도 없었으니 그럴 만도 했다. 그러자 숀이 허공을 보던 시선을 거두고 그를 바라보며 이렇게 물었다. 그는 테른의 이런 모습도 그다지 싫지 않았다. 그의 순진함이 기꺼웠기 때문이다.

"그렇습니다! 세상에 어떻게 이런 일이……."

"알았으면 냉큼 주군께 감사 인사부터 드릴 일이지 호들갑만 떨고 있을 게냐?"

하지만 멀린의 입장에서는 이대로 둘 수가 없었는지 테른에게 대뜸 호통을 쳤다.

털썩!

"주군! 부족한 제게 이런 은혜를 내려주시다니 정말 감사합니다. 이 테른, 앞으로 주군을 위해 목숨을 바칠 것을 맹세합니다!"

"절대 목숨은 바치지 말게. 나는 죽은 수하보다는 살아 있는 수하를 원하는 사람이니… 임무를 수행하다가도 죽음이 다가오면 날 배신해도 상관없네. 일단 살아만 있으면 그 뒤는 내가 해결해 줄 테니 말이야. 이건 멀린, 자네도 마찬가지일세."

테른이 절을 하면서 맹세까지 했지만 숀은 오히려 이런 말로 받았다. 실제로 그는 아까운 수하가 죽는 것보다는 무조건 살아 있기를 바랐다. 그의 말처럼 배신이 일어난다고 해도 얼마든지 자신이 뒷수습을 할 자신이 있었기에 더욱 그랬다.

"하지만 아무리 죽음의 위험이 닥친다고 해도 어찌 주군을 배신할 수 있겠습니까? 그건 절대 안 됩니다! 그 명만은 거두어주십시오!"

"그건 저도 테른과 같은 생각입니다. 배신이라니요. 그런 일은 상상도 하기 싫습니다."

"그만큼 나는 어떤 일이든 처리할 수 있는 자신이 있어서 그런 거네. 만일 자네들 중 누구라도 죽었다고 해보세. 그럼 내 마음이 편하겠는가? 차라리 배신을 해서라도 살아남으면 내가 구해내서 혼꾸멍내 줄 수도 있지 않겠는가? 나는 그게 훨씬 좋다네. 그러니 내 말 명심하게. 그건 지금 나무 위에서 추운데 고생하고 있는 우리 아우도 마찬가지야. 다들 알겠지?"

"알, 알겠습니다!"

주군이 이렇게까지 말을 하는데 더 버틸 재간이 있을 리 없었다. 하지만 그러면서도 멀린과 테른은 손의 마지막 말을 선뜻 이해하지 못했다. 나무 위에서 고생하고 있는 아우라니… 아무리 봐도 인근 나무 위에는 사람의 그림자도 보이지 않던 것이다.

"테른도 이번에 새로 맞이한 믿을 만한 수하이니 그냥 나와도 된다. 거기 계속 매달려 있다가는 감기 걸리겠다."

"치이… 아무튼 형은 정말 대단하다니까. 별짓을 다 해도 속일 수가 없으니……."

샤샥~ 팟!

"으헉! 귀, 귀신이다!"

환상처럼 장내에 나타난 사람은 바로 욜라였다. 그녀는 손이 영지 내에 없자 그가 가지고 있는 특유의 향을 쫓아 여기까지 찾아왔던 것이다. 이제 멀린도 그녀의 이런 등장에 익숙해져서 그런지 별로 놀란 표정은 아니었다. 그러나 그녀를 처음 본 테른은 달랐다. 그는 정말로 귀신을 본 사람처럼 비명을 지르며 뒤로 몇 발자국 물러섰다.

"형이 기연을 베풀어주는 것을 보고 나름 괜찮은 녀석인 줄 알았더니… 애가 좀 맹하네요? 어디서 주어온 거죠?"

"허허허… 맹이라… 게다가 주어왔다니… 과연 아가씨다운 말씀이오. 아무튼 반갑습니다."

욜라의 말에 멀린이 웃음을 터뜨리고 말았다. 자신을 보자마자 반말을 했던 그녀답다는 생각이 든 탓이다.

"마탑에 갔다가 쓸 만한 것 같아서 데려왔다. 그래도 믿을 만한 구석은 있으니 너도 잘 대해줘라."

"형이 그렇게 말씀하시면 따라야겠죠. 알았어요. 독침을 날리거나 밤에 화장실 갈 때 따라가지는 않을게요. 그랬다가는 못 볼 꼴을 보게 될지도 모르니… 호호……."

비록 복면을 쓰고 있기는 했지만 욜라가 웃자 테른은 놀랐던 마음을 급히 추스를 수 있었다. 그만큼 그녀의 영롱한 웃음소리에는 묘한 마력이 숨어 있었던 것이다.

"스승님, 저분은… 누구십니까?"

"주군의 동생일세. 그런 만큼 앞으로 잘 모셔야 하네."

테른은 멀린을 자연스럽게 스승이라 칭했다. 앞으로 그

에게 마법을 배워야 하는 입장이니 당연한 호칭이었다.

"네… 그런 줄도 모르고 큰 실례를 범했군요. 잘 부탁드립니다. 저는 테른이라고 합니다. 마법사이지요."

"알았어. 지켜보도록 하지."

"네? 아… 네……."

욜라가 대뜸 반말을 하자 테른은 당황했다. 아무리 주군으로 모시게 된 사람의 동생이라지만 초면에 이런 경우는 흔치 않았기 때문이다. 게다가 자신이 스스로 마법사임을 밝혔는 데도 말이다. 그러나 그는 곧 더한 충격을 맛보고 말았다.

"마법사? 그럼 멀린 영감이 잘 키우면 되겠네. 안 그래?"

"저, 저도 그럴 생각입니다. 허허……."

복장으로 볼 때 절대 고위급 귀족은 아닌 것 같았다. 그런 데다가 목소리는 이제 겨우 소녀티를 막 벗어난 수준이 분명했는데 감히 6서클이나 되는 엄청난 마법사에게 영감이라고 부르는 데다가 반말지거리라니… 테른은 일시 이 충격적인 현실을 어떻게 받아들여야 할지 알 수가 없었다.

"인사를 마쳤으면 이제 가도록 하지. 다들 우리를 많이 기다리고 있을 게야."

"잠깐만요, 형."

"응? 왜?"

테른이 무슨 생각을 하든지 별 관심이 없는 숀은 자리를 털고 부랴부랴 갈 준비를 했다. 그러자 이번에는 욜라가 그런 그의 발걸음을 잡았다.

"꼭 해야 할 말이 있어서요."

"뭔데?"

"그게……."

욜라 딴에는 조용한 곳에서 단둘이 이야기를 나누고 싶었지만 숀은 눈치도 없이 대뜸 이렇게 물었다. 그게 공연히 욜라의 애를 태웠다.

"아, 이 사람들은 신경 쓸 필요 없어. 이제 다 내 식구이니… 걱정 말고 이야기해 봐."

"치이… 누가 그걸 몰라서 그래요? 단지 그냥 조용히 말하고 싶어서 그런 거지……."

"그래? 그럼 잠시만… 이보게, 멀린."

욜라의 마음을 알아서라기보다는 평소보다 중요한 일이 있다고 생각한 숀은 갑자기 멀린을 불렀다.

"네, 주군."

"나는 욜라와 이야기를 나누고 올 테니 두 사람은 이곳에서 마나 수련이나 하고 있게. 그게 추위를 이기는 데도 도움이 될 거야."

"알겠습니다!"

누구의 명인데 토를 달겠는가. 이제 숀의 말이라면 물불을 가리지 않게 된 멀린인지라 그의 말이 떨어지기가 무섭게 얼른 대답했다.

"그럼 가자, 욜라."

"네."

팟! 파팟!

그러자 숀은 욜라와 함께 순식간에 그들의 시야에서 사라져 버렸다.

"휴우… 스승님, 대체 저분들 정체가 뭡니까?"

"자네와 나의 주군에게 감히 정체가 뭐냐고 묻다니… 앞으로 그런 태도는 조심하게."

숀과 욜라가 조용한 곳으로 사라지고 나자 테른이 거대한 중압감에서 벗어난 기분이 들었는지 크게 한숨을 내쉬며 이런 질문을 던졌다. 그러자 멀린이 인상을 쓰며 그런 그에게 주의를 주었다.

"죄, 죄송합니다. 워낙 신출귀몰한 분들이라 저도 모르게 실언을 했습니다. 용서해 주십시오."

"자네 심정은 나도 모르는 바가 아니네. 나 역시 처음에는 주군의 능력을 알아보지 못해서 크게 혼이 났으니 말이야. 하지만 자네가 나와 함께 주군을 모시게 된 일은 자네 인생에서 가장 큰 축복이라는 것만 알아두게. 그 이유는 차

차 알게 될 게야."

"이미 저는 형언할 수 없을 만큼 큰 축복을 받았습니다. 어제만 해도 별 볼 일 없는 2서클 마법사였는데 지금은 무려 3서클 마스터 아닙니까? 헤헤……."

"하긴 그것도 그렇구나. 허허허……."

테른의 가식 없는 태도와 웃음에 결국 멀린도 웃고 말았다. 그러면서 그는 속으로 벅찬 기분을 맛보고 있었다.

'나에게도 벌써 제자가 생기다니… 주군이 아니었다면 내 어찌 이런 기쁨을 알 수 있었겠는가. 앞으로 더 열심히 그분을 보필하리라. 이 생명이 다할 때까지 말이다.'

아울러 천진난만한 얼굴로 웃고 있는 테른을 바라보면서 멀린은 다시 한 번 이런 결심을 하였다.

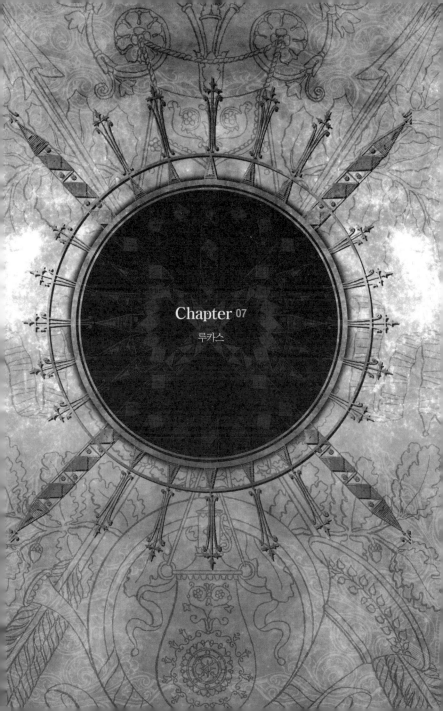

Chapter 07

루카스

건들면죽는다

1

　자신의 친형을 죽이고 장자의 권한을 빼앗으려고 했던 자. 그 형의 자비로 겨우 목숨을 살려줬더니 최근에는 조카의 위기를 이용해 형의 영지를 또다시 정복하려 했던 자.

　그자, 테우신 백작에 대한 소문이 온 왕국 안에 퍼져 나갔다.

　지난번에는 귀족들 간에만 쉬쉬하고 퍼졌던 이야기를 이제 모든 왕국민이 다 알게 된 것이다.

　"세상에! 어떻게 그럴 수가 있지? 그런 인간은 아주 매장을 시켜야 한다니까."

"맞아! 인간의 탈을 쓰고 어떻게 그럴 수가 있느냐고? 아무리 귀족이라지만 그런 인면수심의 인간에게는 천벌이라도 내렸으면 좋겠네."

사람들은 삼삼오오 모이기만 하면 이런 이야기를 주고받았다.

칼론 왕국의 사람들은 원래부터 가족 간의 관계를 매우 중요시 여긴다. 그런 정서를 가지고 있었기에 그들은 더욱더 테우신 백작을 비난할 수밖에 없었는지도 모른다.

그런 시기에 렌탈 영지에서는 숀이 측근들을 모아놓고 중요한 이야기를 나누고 있었다.

"소피아 상단주께서 먼저 왕국의 최근 정세부터 보고해 주시오."

"지금 왕국민들은 모두 테우신 백작을 비난하고 있습니다. 그래서인지 크리스티안 왕자도 그를 대하는 태도가 전과 같지 않다는 정보가 입수되었습니다. 괜한 불똥이 자신에게까지 튈까 봐 조심하는 것이겠지요. 이런 정황들로 보아 지금이 테우신 백작을 응징하기에 가장 좋은 시기가 아닐까 합니다. 이상입니다."

밤그림자의 소피아가 간단명료하게 보고를 마치자 숀의 입가에 만족스러운 미소가 맺혔다. 애초부터 이런 보고를 원했던 모양이다.

'후후… 이번에도 율라의 역할이 정말 컸어. 그 녀석이 시키지도 않았는데 크리스티안 왕자와 테우신 백작 간에 수작을 걸어서 아예 쳐들어오지도 못하게 해놓았으니 말이야. 그 이후에 백작의 평판이 더욱 나빠졌으니 크리스티안은 그 일이 오히려 잘됐다고 생각하겠군.'

사실은 속으로 이런 생각을 하고 있었기에 미소가 떠올랐던 터였다.

"애초부터 여론을 움직이려고 했던 의도가 제대로 맞아떨어진 것 같아 다행이오. 특히 이번 일은 소피아 상단의 공이 매우 큰 것 같소. 매우 고마운 일이오."

"감사합니다. 하지만 주군의 구체적인 지시가 없었다면 이런 일은 꿈도 꾸지 못했을 것입니다."

율라의 부탁이 아니더라도 그녀의 활약을 굳이 지금 알릴 필요는 없었다.

그녀의 존재가 어둠 속에 묻혀 있을수록 활용도가 높다고 생각했기 때문이다. 그래서 손은 더욱 소피아를 칭찬했다. 물론 그녀와 밤그림자의 역할이 지대했던 것도 사실이니 그런다고 해서 대단한 과장이라고 할 수는 없었다.

"내가 아무리 이야기해도 상단 사람들이 자연스럽게 전파하지 못했다면 이 정도 성과까지는 얻지 못했을 것이오. 아무튼 그 덕분에 우리도 일어설 수 있는 기회가 왔다고 할 수 있소."

"드, 드디어⋯⋯."

"오오⋯⋯."

숀의 이런 한마디에 좌중이 갑자기 흥분하기 시작했다. 그의 말이 무엇을 의미하는지 다들 잘 알기 때문이다.

슥.

"⋯⋯."

그때 숀이 오른손을 들었다 내리자 다시 장내는 쥐 죽은 듯 조용해졌다.

"렌탈 남작님."

"네, 주군!"

"병사들의 훈련 상황과 부대 개편에 관한 내용을 말씀해 주시지요."

숀이 이번에는 렌탈 남작을 부르더니 이렇게 말했다.

병사들 내공의 기초와 진법은 숀이 잡아주었지만 기본적인 군사 훈련과 기강은 렌탈 남작이 책임지고 있었다.

"특수 부대를 비롯한 병사들의 훈련은 이미 목표치에 완벽하게 도달한 상태입니다. 특히 그 가운데 구백 인으로 이루어져 있는 특수부대의 발전은 실로 눈부시다고 할 만합니다. 그들은 마침내 전원이 소드 익스퍼트 초급에 올라서는 기적을 이루었습니다."

"세상에! 그, 그럴 수가… 그럼 그들이 기사들조차 이루기 힘든 수준에 모두가 도달했다는 말입니까?"

렌탈이 몇 마디 하지도 않았는 데도 밤그림자의 첫째 장로 베네딕트가 질린 얼굴로 이렇게 질문했다.

그와 밤그림자 사람들은 아직 숀이 병사들에게 무슨 짓을 했는지 정확히 모르고 있었던 것이다.

숀이 파비앙을 변화시킨 것만 알 뿐이었다.

"그렇습니다. 그 가운데 각 백인대의 장들은 현재 중급 수준에 올라선 상태입니다. 이제 특수부대는 다른 영지의 그 어떤 기사단보다 강한 힘을 지니게 된 것이지요."

"맙소사! 그게 사실이라면 이거 완전히 상상을 초월하는 괴물 부대가 탄생한 것 아닙니까? 왕국을 통틀어도 소드 익스퍼트 중급의 기사는 그리 많지 않을 텐데… 으으……."

특수 부대원이 모두 900명이니 렌탈의 말대로라면 소드 익스퍼트 중급 검사가 무려 아홉 명이나 있다는 이야기다.

불과 몇 달 전만 해도 한 명 있을까 말까 했던 바로 그 중급 실력자가 말이다.

베네딕트뿐 아니라 다른 장로들까지 입을 딱 벌린 채 이 놀라운 현실 앞에서 크게 경악했다.

물론 이런 기적을 일으킨 사람은 바로 숀이었다.

그는 진작부터 백인대장감으로 정해놓았던 병사들을 따

로 불러 모아 신비한 영약을 먹인 후 그들의 내공을 높여주었고 검술도 직접 지도해 주었던 것이다.

영지군은 모두 이러한 전말을 어느 정도 알고 있었지만 밤그림자 사람들은 금시초문이었다.

"특수부대는 준비가 끝난 상황이라는 말씀이시군요. 좋습니다. 그럼 나머지 병사 구백 명은 어떻습니까?"

"그들 중 삼백 명은 기마 궁수대로 편성했고 이백 명은 공성 무기 등을 전문적으로 다루는 특수 무기 부대로 배치했습니다. 그리고 나머지 사백 명은 소피아 상단의 지원을 받아 완벽한 기마 돌격 부대로 재탄생한 상태입니다."

"그럼 이제 우리 영지군 가운데 말을 타지 않는 병사들은 없겠군요?"

"그렇습니다!"

워낙 대화가 자연스럽게 흐르고 있어서 대수롭지 않은 것처럼 느껴지지만 이들은 실로 엄청난 이야기를 나누고 있었다.

기사급 병사 900명만 해도 경악할 만한 일인데 남은 병사 900명도 전원 기마 부대로 탈바꿈했다는 것 아닌가.

기마 부대원 한 명이면 일반 보병 두세 명 이상은 충분히 감당할 수 있는 법이다.

그러나 기마 부대의 진정한 무서움은 따로 있었다. 바로 기동력! 어떤 작전을 수행하든 이동속도가 빠르면 적에게 그만큼 더 위협적인 법이다.

"그럼 이제 멀린 마법사께서 마법 군단의 준비 상황을 보고해 보시오."

"네! 주군의 큰 은혜에 힘입어 현재 저희 마법사들의 실력도 가일층 진보한 상태입니다. 그로 인해 저는 마법 군단을 총 두 개 조로 나눌 수 있었습니다. 1조는 3서클 마법사 세 명과 2서클 마법사 두 명으로 이루어져 있고 조장은 칼베르토 마법사가 맡기로 했습니다. 그리고 2조는 4서클 마법사 한 명과 3서클 마법사 한 명, 그리고 2서클 마법사가 두 명입니다. 2조는 제가 이끌기로 했지요."

"조를 나눈 이유는 뭐요?"

렌탈 남작의 보고가 끝나자 슌이 멀린을 호명했다. 렌탈을 대할 때보다 훨씬 엄숙한 목소리다.

"싸움에 임할 때 좀 더 효율적으로 마법을 활용하기 위해서입니다. 1조는 방어 전담이고 2조는 공격 전담 식으로 각자의 마법 특성을 최대한 살린 것이라고 할 수 있지요. 아울러 저희들은 주군의 명령이 떨어지면 언제든지 출격할 수 있는 준비가 끝난 상태입니다. 이상입니다!"

"흐음… 그거 좋은 생각이군. 혼전이 벌어졌을 때는 더욱 유용할 수 있을 것 같아. 아무튼 수고했소. 자, 그럼 이제부터 공격 시기를 정해보도록 합시다."

"드, 드디어……."

이들이 몇 달에 걸쳐서 훈련에만 매진한 것은 바로 이때를 위해서였다.

이미 그를 위한 명분은 갖추어졌으며 모든 준비가 끝난 이상 이제 전쟁만이 남은 것이다. 그것을 잘 알기에 숀의 이 한마디는 모두의 가슴에 불을 지피기에 충분했다.

2

쌔애앵~

얼마 전 내린 폭설 때문인지 겨울 산은 온통 눈으로 뒤덮여 있었다. 거기에 바람까지 강하게 불고 있어서 추위는 한층 더한 것 같았다. 그런데 이런 악조건 속에서도 움직이고 있는 일단의 무리가 있었다.

그들은 바로 숀과 멀린, 그리고 렌탈 남작과 크롤 백작이었다. 이들은 지금 전쟁을 시작하기에 앞서 루카스 왕자를 만나러 가는 중이다.

"정말 깊은 산속이로군요. 고귀하신 분들께서 그동안 이런 곳에서 지내시고 있었다니… 너무나 송구할 따름입니다."

"비록 깊은 산중이지만 나와 그분들께서는 늘 행복했었습니다. 때때로 백부들의 위협이 다가올까 그것을 두려워하기는 했었지만요. 물론 그것도 모두 나의 안위 때문이었지만요."

날씨도 워낙 추운 데다가 산세마저 험한 곳에서 숀과 삼왕자 내외가 살아왔다는 사실이 렌탈에게는 큰 충격이었던 모양이다.

하긴 변고만 없었으면 그 누구보다 화려하고 안락한 곳에서 평안하게 살아가야 할 귀한 사람들이 아니던가.

그는 마치 자신의 잘못으로 인해 이런 일이 벌어졌다고 생각하는 사람처럼 몹시도 미안해했다. 얼마나 비통한 표정을 지으며 그런 말을 했던지 숀이 오히려 그를 위로할 정도다.

"주군께서 이런 환경 속에서 이처럼 훌륭하게 성장하셨다는 것이 마냥 놀라울 따름입니다. 이는 분명 신께서 루카스 왕자님과 주군을 보호하고 계시기에 가능한 일이라고 여겨지는군요."

"저도 신의 축복이라 생각합니다. 아 참, 이곳으로 출발하기 전에 제가 했던 말은 다들 기억하시죠?"

렌탈이 말하자 고개를 끄덕이며 그의 말에 수긍해 주던 숀이 문득 생각나는 일이 있었는지 갑자기 이런 질문을 던졌다.

"아직은 주군의 능력을 감추어달라는 말씀 말이죠?"

"그렇습니다. 지금 갑작스럽게 능력을 드러내면 놀라실지도 모르거든요. 그건 제가 알아서 말씀드릴 것이니 협조해 주세요."

뭐든지 시기가 있는 법이라고 생각했기에 손은 일행들에게 이런 부탁을 했다.

그리고 다른 사람의 입을 통해 듣게 하는 것보다는 자신이 기회를 봐서 차분하게 변명을 하는 것이 나을 것이라고 여겼다.

"그건 걱정 마십시오. 주군의 명이신데 누가 감히 거역하겠습니까?"

"하하! 이건 명령이 아니라 그냥 부탁일 뿐입니다. 사적인 문제를 가지고 당신들에게 명령을 내리고 싶은 마음은 없거든요."

살을 엘 것 같은 매서운 바람이 끊임없이 불어오고 있었지만 일행은 그런 것에는 전혀 아랑곳하지 않은 채 이런저런 대화를 나누고 있었다.

하긴 전부 마나를 능숙하게 다룰 줄 아는 사람들이니 그럴 만도 했다.

어쨌든 그러는 사이에 마침내 그들은 손의 집 앞에 도착

할 수 있었다.

"허허… 산속에 있는 집치고는 무척 시설이 잘되어 있군요. 대단합니다."

"지난번에 멀린 마법사와 함께 와서 집 단장을 새롭게 해주었거든요. 자, 이제 어서 들어들 갑시다."

숀의 집을 보는 순간 렌탈 남작은 물론 크롤 백작의 눈도 휘둥그레졌다.

산속에 있는 집치고 워낙 화려하고 과학적인 시설이 잘되어 있는 탓이다. 그러나 멀린은 감회가 새로웠다.

'이 집을 수리하던 그때만 해도 나는 막 5서클에 접어들었었다. 그게 겨우 몇 달 전이건만 그 사이 벌써 6서클 반열에 올라선 것은 물론 모든 마법을 다 배웠으니… 언제 시간 내서 이곳을 다시 한 번 손봐 드려야겠구나.'

5서클과 6서클 마법에는 공격이나 방어를 위한 마법만 있는 것은 아니었다. 물론 다른 마법사였다면 그렇게만 배우고 나왔겠지만 멀린은 고서클 실용 마법도 모두 암기해놓은 상태다.

그것들을 모두 완벽하게 자신의 것으로 만들려면 어느정도 시간은 걸리겠지만 어쨌든 이것은 그의 두뇌가 뛰어났기에 가능한 일이었다.

"밖에 누구시오?"

"숀이 왔습니다, 아버지!"

밖에서 수상한 기척이 들려서 그런지 일행들이 집 안으로 들어가기도 전에 안쪽에서 루카스의 목소리가 들려왔다. 그러자 숀이 앞으로 나서며 급히 대답했다.

"숀이래요, 여보!"

"오, 숀이 왔어? 어디……."

벌컥!

그러자 이번에는 잔뜩 흥분한 어머니의 목소리가 들리며 안쪽 문이 열렸다.

"숀!"

"어머니!"

와락~!

불과 몇 달 만이었지만 모자의 상봉은 감격적이었다.

특히 숀의 어머니는 전혀 예상하지 못했다가 아들을 만나게 되어서 그런지 주변에 사람이 있는 것조차 의식하지 못하고 있었다.

"어서오너라, 숀. 그런데… 함께 온 손님들은……."

"그간 평안하셨습니까? 저하. 마법사 멀린이 인사 올립니다."

그러나 루카스는 나오자마자 숀의 뒤에 죽 늘어서 있는 인물들을 발견하고는 잔뜩 경계심을 가졌다.

그것을 느꼈는지 뒤쪽에 있던 멀린이 나오며 가장 먼저 인사를 했다. 그는 이번이 두 번째 만나는 것이라 확실히 루카스의 경계심을 조금 누그러뜨릴 수 있었다.

그런데 바로 그때…

"루, 루카스 왕자님… 오, 맙소사! 이게 정녕 꿈은 아니겠지요? 저, 렌탈입니다. 예전에 궁에 갔을 때 도움을 주셨던 바로 그 렌탈 말입니다! 우선 절부터 받으소서! 왕자 저하!"

"사람 잘못 봤소. 왕자라니… 가당치도 않소."

놀랍게도 렌탈 남작은 루카스를 알아봤다.

그는 과거 아버지가 죽은 후 남작 작위를 물려받기 위해 왕궁에 간 적이 있었다. 그때 고위급 귀족들이 거들먹거리며 그를 난처하게 한 일이 있었는데 그때 아직 소년이었던 루카스가 나서서 그의 곤란함을 해소시켜 준 적이 있었다.

그날부터 그는 루카스의 열렬한 추종자가 되었으니 그의 얼굴을 잊을 리가 없었다. 그러나 루카스는 얼른 고개를 돌리며 그를 외면했다. 이들이 모두 자신의 정체를 알고 있다는 것을 모르는 데다가 워낙 형이 보낸 자객들에게 오랫동안 시달림을 받아온 상태라 본능적으로 그럴 수밖에 없었다.

"이들은 모두 아버지가 어떤 분인지 알고 있습니다. 물론 그 때문에 더 이곳으로 온 것이고요. 그러니 굳이 정체를 감추실 필요 없습니다. 크롤 백작도 어서 인사드리시오."

"루카스 왕자 저하를 뵙습니다. 신, 크롤이라고 합니다."

"으음… 이게 어떻게 된 일인지 설명할 수 있겠느냐?"

"물론입니다."

루카스는 숀을 철석같이 믿어왔다.

어릴 때부터 지금까지 단 한 번도 실망을 시킨 적이 없는 아들인 데다가 그가 천재라는 것은 진작부터 알고 있었기 때문이다.

그랬기에 그의 한마디가 그의 경계심을 모두 사라지게 하였다. 아직 크게 당황한 상태였지만 우선 사태의 전말을 들어봐야 한다는 생각도 들었다.

"모두 귀한 손님들인 것 같은데 여기서 이러지 말고 안으로 들어가서 이야기하도록 해요."

"으음… 그게 낫겠군. 자, 일단 들어갑시다."

말없이 숀의 손만 잡고 있던 어머니가 그런 상황을 지켜보다가 이런 제안을 했다. 과연 이곳의 안주인다운 센스다.

"네, 왕자님."

"명을 따르겠습니다."

예전의 집이었다면 들어가도 대화를 나눌 만한 장소가

마땅치 않았을 것이다. 워낙 대충 지어진 집인 데다가 날씨까지 추웠으니 여러 명이 모여 앉기가 불편했을 테니 말이다.

그러나 멀린이 실용 마법으로 집 안 곳곳을 손봐놓은 지금은 그럴 염려가 없었다. 열 명이 모여서 회의를 해도 충분할 만큼 넓은 거실이 있었기 때문이다. 그들은 모두 그곳에 앉아서 지금까지의 상황과 앞으로 무엇을 해야 할지를 의논하기 시작했다.

밤이 깊어지고 다시 밝아올 때까지 계속해서 말이다.

3

밤새 심도 깊은 이야기를 나눈 후 손의 어머니가 차려준 푸짐한 식사를 마치고 렌탈 남작과 크롤 백작은 먼저 산을 내려갔다.

이제 본격적인 전쟁 준비를 해야 하는지라 조금도 지체할 틈이 없었던 것이다.

특히 두 사람의 각오는 올라올 때와는 확연한 차이가 있었다.

"루카스 왕자님께서 아직 건재하시다니… 하늘이 아직 우리 왕국을 버리지 않으신 것 같구나."

"그러게 말입니다, 형님. 저도 이제야 더욱 싸울 맛이 납니다. 그리고 주군을 따르게 된 것이 너무나 다행이라는 생각이 문득 드는군요."

루카스는 단순히 셋째 왕자라는 의미만을 가진 사람이 아니다. 그는 아직까지도 모든 왕국민이 너무나 그리워하는 어진 왕자였으며 간악한 형들만 아니었다면 여전히 세자 위에 있어야 하는 사람이었다.

그런 그를 앞에 세우면 렌탈과 크롤, 그리고 그들을 따르는 모든 병사에게는 크나큰 명분이 생기게 된다. 물론 그러기에는 아직 시기적으로 무리였지만 왕자들과 본격적인 전쟁을 치르게 될 때는 엄청난 파급효과가 발생할 것이 틀림없었다.

"어서 돌아가서 은밀히 우리와 규합할 수 있는 세력을 찾아보도록 하자. 아직 루카스 왕자님을 따르는 신하들이 곳곳에 많이 있을 게야."

"하지만 지금은 테우신 백작부터 쳐야 하지 않습니까?"

"그건 그거고 이건 이거야. 어차피 노골적으로 그들을 찾으려고 하면 다른 왕자들이 눈치챌 수 있으니 우리가 할 일을 하면서 조심스럽게 찾아보자는 말일세."

말을 달리면서도 두 사람은 심각한 얼굴로 이런 대화를 나누었다.

그러나 은연중 잠깐씩 드러나는 표정에는 전과 다르게 어떤 자부심 같은 면도 엿보였다. 가장 중요한 명분을 얻었으니 그럴 만도 했다.

"아, 그럼 형님께서는 겉으로는 전쟁을 하면서 삼왕자님의 세력을 물색해 보자는 말씀이시군요? 그렇게 하면 그 누구도 눈치채지 못할 테니 말입니다."

"바로 그걸세. 우리가 좀 더 힘을 갖추기 전까지 굳이 다른 왕자들에게 주요 표적이 될 필요는 없지 않겠는가. 지금처럼 두 왕자가 서로 세력 다툼을 하게 두면서 암암리에 우리 세력을 기르는 것이 가장 유리할 테니까. 그렇게만 한다면 두 왕자를 상대하는 것도 별문제 없을 거야. 게다가 우리에게는 그 누구보다 강하신 주군이 함께하고 계시잖아."

"그렇죠! 그분이 함께하는 이상 저 역시 두려울 것은 없습니다. 오로지 승리뿐일 테니까요. 하하하!"

어느덧 크롤은 그 누구보다 더 숀을 믿고 있었다. 아직 젊어서 그런 것도 있겠지만 그만큼 숀이 보여준 능력이 엄청나서이다.

어쨌든 두 사람은 이런 대화를 나누면서도 정신없이 달리고 또 달렸다. 그렇게 그들이 영지를 향해 가고 있을 때 멀린은 숀의 집 여기저기를 세심하게 관찰하고 있었다.

"비록 통나무집이긴 하지만 역시 기초가 참 튼튼한 건물이야. 그렇다면 이쪽 기둥에서부터 시작을 해서 대문까지 설치한 다음 그곳에서부터 다시 반대편까지 설치해 놓으면 완벽하겠군. 좋아, 이 일을 하면서 이론으로만 알고 있던 마법을 완성하면 그야말로 일석이조겠어. 클클……."

그는 지금 슌의 부모가 살고 있는 집을 마법으로 철저하게 보호할 계획을 세우고 있었다. 그래야지만 훗날 루카스가 합류하기 전까지 안전할 수 있다고 생각한 탓이다.

지금 그가 첫 번째로 설치하려고 하는 것은 바로 공격용 마법 부비 트랩이다. 누군가가 이 집에 함부로 들어서려고 하면 폭발하는 무서운 마법 폭탄 종류를 설치하려는 것이다.

이건 슌이 시켜서가 아니라 그의 충성심에서 비롯된 발상이었다.

슌은 방 안에 앉아서도 멀린이 무엇을 하고 있는지 눈치채고 있었다. 그렇다고 가서 참견할 수는 없었다. 그는 아버지 루카스와 대화 중이었기 때문이다.

"아직 어리다고만 생각했는데 그런 일을 하고 있었을 줄이야… 대견하구나."

"미리 의논도 하지 않고 멋대로 행동해서 죄송합니다. 상황이 갑작스럽게 흘러가서 어쩔 수 없었습니다."

어제는 다른 사람들이 있어서 개인적인 대화를 나눌 틈이 없었다. 그래서인지 두 사람의 대화는 더욱 각별한 것 같았다.

"괜찮다. 네 덕분에 이 아비는 잃어버렸던 희망을 만난 기분이구나. 아직도 나를 필요로 하는 사람들이 있었을 줄이야… 그동안 도망만 다녔던 지난 세월이 부끄러울 정도였다."

"아버지… 그게 모두 저와 어머니 때문이라는 거… 다 알아요. 그러니 그런 말씀은 하지 마세요. 저는 두 분과 함께했던 그 시간들이 너무 행복했었는걸요. 그렇지만 아버지와 저희 가족들이 당한 일을 알게 된 후부터는 그냥 참을 수가 없었어요. 그랬기에 저들과 함께 손을 잡았던 것이지요. 두고 보세요. 제가 반드시 원흉들을 혼내주고 말 겁니다. 두고두고 후회하게 말이죠."

아직 모든 능력을 밝힌 것도 아닌데 루카스는 숀의 이런 말을 듣는 순간 엄청난 충격을 받았다. 그리고 어째서 렌탈이나 크롤 같은 강자들이 숀을 따르게 된 것인지 알 것 같은 기분이 들었다.

숀은 마나를 워낙 완벽하게 감출 수 있어서 그 능력을 전혀 가늠할 수 없었다. 그러나 렌탈이나 크롤은 워낙 강력한 마나의 기세가 감지되어 상당한 고수임을 루카스도 간파하고 있었던 것이다.

"숀, 아무리 그래도 그들은 너의 백부들이다. 그 점을 절대 잊어서는 안 된다."

"알고 있습니다. 때문에 저도 그들을 죽일 생각은 없습니다. 대신 지난 세월 동안 저희 가족을 괴롭힌 대가는 반드시 받아낼 생각입니다. 그것까지 말리지는 마십시오."

숀은 백부들의 얼굴도 모른다. 그랬기에 처음에는 솔직히 최악의 경우에는 죽일 마음까지 먹고 있었다. 그것을 눈치챈 것인지 루카스가 이렇게 말을 했다. 그 바람에 숀도 어쩔 수 없이 조금은 약한 쪽으로 말할 수밖에 없었다.

"이 어미가 끼어들 자리는 아니다만 나도 한마디 하고 싶구나. 괜찮죠? 여보?"

"그러시오."

그러자 이번에는 어머니가 나섰다. 그녀는 지금까지 부자의 대화에 일절 끼어들지 않다가 이쯤에서 처음으로 참견을 했다.

"숀, 이 어미는 늘 너를 믿는단다. 네가 무엇을 하든 그건 마찬가지지. 하지만 이번 일만큼은 말리고 싶은 심정이다. 너희 백부들은 정말 무서운 사람들이거든. 내가 말린다고 들을 너는 아니겠지만… 대신 이것 하나만큼은 꼭 약속해 다오."

"뭡니까?"

"나는 네가 백부들을 어떻게 하든 그건 별로 신경 쓰고 싶지 않구나. 그들과 싸우다가 네가 진짜 위험에 처하는 것만 피하면 되지. 그러기 위해서 그들을 죽여야 한다면 그럴 수도 있다고 본다. 하지만 그분만큼은 꼭 네가 지켜주었으면 좋겠구나."

"그분이요? 누구를 말씀하시는 것인지……."

확실히 어머니의 생각은 아버지와 조금 달랐다. 그녀 입장에서는 백부들보다 아들의 목숨이 백배 천배 소중하기에 여차하면 죽여도 된다는 생각까지 했다. 그러면서 갑자기 이런 말을 던졌다.

"그건 바로 너의 할아버지이자 이 나라의 주인이신 루드리히 2세이시다."

"아……."

"그분은 진정 너그러운 통치자셨지. 비록 과거에 네 백부들의 음모에 속아 우리를 내치신 분이지만 그건 절대 그분의 진심이 아니셨다. 나는 늘 그분이 마음에 걸리는구나. 기왕 네가 세상으로 나간다고 하니 가장 먼저 그분을 만나서 지켜주었으면 하는 것이 이 어미의 부탁이다. 들리는 소문에 의하면 많이 아프시다던데… 참으로 걱정이구나."

과연 숀의 어머니는 뭔가 달랐다. 그녀는 그동안 숀도 잊고 있었던 할아버지의 존재를 부각시켰다. 그 덕분에 숀은 지금까지와는 완전히 다른 한 가지 방법을 떠올렸다.

'내가 왜 지금까지 그분 생각을 하지 못했던 것일까? 만일 할아버지의 건강만 되찾을 수 있다면 문제는 더 쉬워질 수도 있지 않을까?'

"어머님의 말씀대로 제가 꼭 할아버지를 지켜 드리겠습니다. 그리고 두 분이 당한 고통도 반드시 보상받겠습니다. 두고 보십시오."

숀이 이렇게 말하자 루카스의 눈에도, 또 어머니 샤롯데의 눈에도 믿는다는 감정이 떠올랐다.

"참, 하마터면 중요한 일을 말하지 않을 뻔했구나. 숀, 너도 기억할지 모르겠다만 우리가 왕궁에서 쫓기듯 나올 때 우리와 함께했던 사람들이 몇 명 있었다. 그 가운데 가장 믿을 만한 사람이 있었는데 바로 듀렌이었지."

"아……."

듀렌은 숀도 잘 안다. 어릴 때 기억이 고스란히 남아 있기 때문이다. 그에 의하면 듀렌은 그다지 믿을 수 있는 사람이 아니었다. 자신의 가족을 배신했을 가능성이 워낙 높았던 탓이다.

"그가 얼마 전부터 찾아와서 자꾸만 나와 너의 엄마에게 함께 가자고 권하더구나."

"어디로 말입니까?"

"지금부터 그 부분을 설명해 주마."

이렇게 시작된 루카스의 말은 참으로 놀라웠다. 그러나
모두 검증된 사실은 아닌지라 루카스 본인은 물론 듣고 있
던 숀 역시 선뜻 믿을 수가 없었다. 하지만 그의 존재를 어
느 정도 알게 된 이상 숀은 얼마든지 확인할 수 있는 방법
이 있었다. 자신이 나서지 않는다고 해도 그에게는 훌륭한
아우가 있었기 때문이다. 이제 제국의 황실마저도 자유롭
게 드나들 수 있는 욜라 말이다.

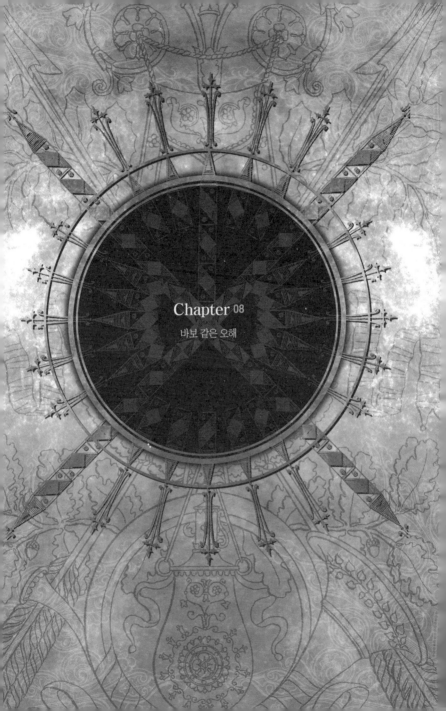

Chapter 08

바보 같은 오해

건들면 죽는다

1

콰앙! 쿠르르르 쿵쾅!

실로 어마어마한 소리와 함께 계곡 한쪽이 무너져 내렸
다. 그러나 이것은 자연의 재앙이 아니었다.

"하하하! 잘했어, 끼루! 넌 정말 대단한 녀석이야!"

"너 너무 심한 거 아니야? 그러다가 주군께 혼나면 어쩌
려고?"

황당하게도 방금 계곡을 무너뜨린 것은 파비앙과 마하엘
의 애완(?) 몬스터인 끼루의 짓이었다. 덩치는 아직도 어른
주먹만 했지만 녀석은 마치 빛처럼 빠르게 허공을 날다가

마하엘의 명령 한마디에 계곡 벽을 들이받았고 그로 인해 이런 엄청난 결과가 나왔던 것이다.

"치이… 누나는 이래서 바보라니까. 주군께서는 이미 나에게 끼루를 훈련시키라고 했단 말이야. 그래야 주군이 안 계셔도 영지를 지킬 수 있을 거라고 했어! 알지도 못하면서……."

"그게 정말이야?'

파비앙이나 마하엘도 손을 주군이라 칭하고 있었다. 선생님이라는 호칭은 이제 아무 의미가 없으니 당연했다.

"그렇다니까. 누나도 생각을 좀 해봐. 이제 곧 거의 모든 병사가 테우신 백작을 치기 위해 나갈 거잖아. 그럼 우리 영지에는 누가 남겠어? 기껏해야 성 수비병 백여 명도 안 될걸? 거기에 나와 어머니가 있을 거고… 그럴 때 다른 영지에서 우리 영지를 공격해 오면 어떤 일이 벌어질 것 같아? 당장 크롤 백작님과 외사촌지간이라는 구르몽 자작은 크롤 백작의 말도 듣지 않는다며? 하긴 일왕자의 심복이라는 말도 있으니… 아무튼 그 작자가 쳐들어오지 않으리라는 보장은 없잖아."

"으음… 그런 일이 실제로 발생한다면 정말 위험하겠지."

렌탈 영지의 차기 영주감이라 그런지 마하엘은 아직 어

려도 나이답지 않게 주변 정세나 정보에 밝았다. 오죽했으면 파비앙조차도 지금은 뭐라 반박할 말이 없을 정도다.

사실 알고 보면 마하엘이 이런 것을 알고 있는 것도 모두 숀이 알려주었기 때문이지만 영악한 그가 그런 말까지 해줄 리는 없었다.

"거봐, 그럴 때를 대비해서 주군께서 나에게 특명을 내리신 거란 말이야! 주군 말씀이 내가 끼루를 제대로만 훈련시키면 그 어떤 영지가 쳐들어와도 걱정할 필요가 없대. 그래서 나도 추운데 이렇게 나와서 녀석을 훈련시키는 거야. 이제 알겠어? 흥!"

"호호… 그래, 알았다. 알았어. 주군께서 두 번만 더 너에게 임무를 주었다가는 아예 이 누나를 잡아먹겠네."

다른 사람도 아닌 숀이 시킨 일이다.

이미 숀은 그녀에게 있어서 여러 가지로 절대의 존재였다. 그러니 더 따질 수도 없는 노릇이라 결국 그녀는 진땀을 흘리며 은근슬쩍 농담으로 이 상황을 넘기려 했다.

"누가 감히 우리 파비앙 아가씨를 잡아먹는다는 거요?"

"주군이시다! 어서 오세요~!"

"헉, 주, 주군……."

바로 그때 숀이 등장했다. 그러자 마하엘이 얼른 뛰어가며 그를 반겼다.

파비앙은 제자리에서 괜히 얼굴만 붉히고 있는데 말이다.

"하하! 우리 도련님께서는 끼루를 제대로 훈련시키고 있는 건가?"

"네! 벌써 끼루가 절벽을 부술 정도라고요! 저기를 한번 보세요. 저게 이 녀석 작품이라니까요!"

끼루룩~끼루~!

이제 숀은 마하엘에게는 완전히 말을 놓고 있었다. 신분이 밝혀진 이상 한참 어린 그에게 존대를 할 이유가 없었던 것이다.

아무튼 그래서인지 마하엘은 오히려 숀이 더 가깝게 느껴졌다. 지금처럼 그에게 안겨서 떠들 수 있을 정도로 말이다.

"오호… 제법이군. 이 정도만 되도 걱정을 덜 할 수 있겠어. 하지만 그렇다고 아직 방심을 해서는 안 된다. 만에 하나 진짜로 구르몽 자작군이 쳐들어오게 되면 단순한 파괴력 외에 은밀함도 필요하거든."

"끼루에게 그런 능력도 있어요?"

현재 숀이 알고 있는 전설의 새 몬스터 끼루에 대한 이야기는 모두 꼴라가 들려준 것이다. 그는 그것을 지금 마하엘에게 어느 정도 해줄 생각이었다.

"저 녀석의 별명이 뭔 줄 아니?"

"아니요."

"바로 하늘의 새도 워커—그림자 속에 숨어 있다가 불시에 사람을 공격하는 언데드 종족—야. 덩치가 작은 데다가 녀석이 마음을 먹으면 그 누구도 찾기 힘들 정도로 숨어서 움직일 수 있거든. 물론 적을 공격할 수도 있고 말이야."

"그, 그게 정말이에요?"

숀의 말에 마하엘의 눈이 한껏 커졌다.

지금 보여주는 능력만으로도 든든하기 짝이 없었는데 더 놀라운 능력까지 가지고 있다니… 그의 심장이 더욱 빠르게 요동치는 이야기였다.

"물론 아직 그 능력을 자각하고 있는 것은 아니야. 그러나 네가 더욱 열심히 훈련시키다 보면 분명 깨닫게 될 것이다. 할 수 있지?"

"당연하죠! 저 지금부터 끼루를 더 열심히 훈련시킬 테니 죄송하지만 주군과 누나는 자리를 비켜주었으면 좋겠네요."

숀의 말에 마하엘이 씩씩하게 대답을 하더니 아예 두 사람에게 축객령을 내렸다. 그러자 숀의 입가에 희미한 미소가 어렸다가 바로 사라졌다. 그의 작전대로 상황이 돌아가자 신이 났던 모양이다.

"알겠다. 들었소? 우리가 자리를 비켜줍시다. 그렇지 않아도 아가씨에게 하고 싶은 말도 있었는데 어디 가서 차라도 한잔하는 게 어떻겠소?"

"알겠어요. 그럼 제가 따라갈 테니 앞장서세요."

그의 꿍꿍이는 바로 이것이다. 자연스럽게 파비앙과 시간을 갖는 것 말이다. 그리고 다행히 파비앙은 그의 음흉한 속셈을 모르고 있었기에 이렇게 순순히 대꾸했다.

"그러지 말고 내가 아가씨를 안고 달리는 것은 어떻겠소? 날도 추운데 오래 걷는 것은 아무래도 건강에도 해로울 테니……."

"하, 하지만 그건……."

"누나! 나 지금 급한데 어서 주군 말씀대로 하고 빨리 가! 뭘 그렇게 꾸물거려? 설마 주군을 이상하게 생각하는 것은 아니겠지?"

이 순간 숀은 마하엘이 그렇게 예쁠 수가 없었다. 나이가 아직 어리지만 장래가 촉망된다는 생각까지 했다.

'귀여운 녀석… 이번 전쟁이 끝나고 나면 저 녀석도 고수로 만들어주어야겠어. 어차피 처남이 될지도 모르니 말이야. 흐흐……..'

"저 녀석이… 알겠어요. 그럼 저, 저를 데리고 가주세요."

"자, 그럼 갑니다!"

와락~!

결국 마지못해 파비앙이 이렇게 허락하자 숀은 입가에 침까지 흘리면서 그녀의 허리를 감싸 안았다. 순간 그녀의 얼굴이 새빨개졌다.

슈우욱~!

멀린 같았으면 그대로 날아갔겠지만 파비앙과 멀린이 같을 수는 없었다.

그랬기에 숀은 그녀의 몸에 강기를 씌운 뒤 번개와 같은 속도로 허공 저 멀리 날아가 버렸다. 그러자 내내 끼루 쪽만 보고 있던 마하엘이 그쪽을 힐끔 쳐다보더니 한마디 던졌다.

"주군께서 누나에게 관심이 있는 게 분명해. 이럴 때는 누나가 여우 짓을 좀 해야 할 텐데⋯ 근데 그게 과연 가능할까?"

그는 그러면서 머리를 절레절레 흔들었다. 바보 같은 누나가 그런 짓을 할 수 없을 거라는 듯이⋯ 하지만 마하엘도 모르는 것이 한 가지 있었다.

나이가 많든 어리든 대부분의 여성은 본능적으로 여우 기질이 있다는 것을 말이다.

귓가로 매서운 바람 소리가 들리고 있었지만 파비앙은 신기할 정도로 숀의 품속이 따뜻하고 아늑하기만 했다.

'너무 좋다. 이 시간이 영원히 지속되었으면 좋겠어. 하아……'

벌써 일 년 가까이 사모하고 있는 사람이다.

이제 그녀의 나이 겨우 열다섯 살이었지만 이 감정은 사그라들기는커녕 점점 더 커지고 있었다. 그래서인지 그의 품 안에 있는 지금이 그 어떤 때보다 행복했다.

그리고 그건 숀도 마찬가지였다.

'그녀에게 가까이 갈 때마다 생각한 것이지만 어떻게 사람에게서 이처럼 황홀한 내음이 날 수 있는 거지? 게다가 깃털처럼 가벼운 데도 이런 감촉이 느껴질 수 있을까? 이거 정말 미치겠네. 그녀는 아직 어린애인데… 그것을 잊으면 안 되는데……'

처음 허리를 안을 때만 해도 이런 느낌을 받을 거라고는 전혀 생각지 못했다.

겉으로 볼 때 파비앙은 가냘프고 여린 소녀의 이미지가 강해서 설마 이처럼 풍만하리라고는 상상도 할 수 없었기 때문이다. 그런데 막상 안아보니 이게 정말 장난이 아니었다. 잘록한 허리 아래로 확 퍼진 엉덩이 라인도 그랬지만 지금 자신의 가슴을 압박하고 있는 그녀의 그곳은 정녕 꿈 그 자체였다. 이건 도대체가 정말 열다섯 살이 맞는 것인지 이해가 가지 않을 정도다.

'성안에 있는 찻집으로 가려고 했던 것인데… 에라, 모르 겠다. 일단 더 돌고 보자.'

전생과 이생을 합쳐서 벌써 80년을 살아온 손이었지만 이토록 황홀한 기분을 맛본 것은 처음이었다.

그랬기에 지금 엄청난 내공이 소모되고 있는 데도 그는 파비앙을 안은 채 렌탈 성 주변을 마냥 돌고 있었다. 그것 도 행여 파비앙이 눈치챌까 봐 갔던 길은 피해서 도는 치밀 함까지 보였다.

"저기… 주군, 도착하려면 아직 멀었나요?"

"네? 아, 네… 이제 곧 다 온 것 같소. 불편해서 그러시 오?"

"그, 그게 아니고 그냥……."

파비앙도 그의 품이 너무 좋기는 했지만 이렇게 계속 안 겨 있다가는 심장이 터질 것 같다는 기분이 들었다.

자신을 안고 날아가고 있는 손의 호흡 소리가 점점 거칠 어졌기 때문이다. 게다가 그녀는 그의 호흡이 빨라지는 이 유가 자신까지 안고 날고 있어서 그런 것이라고 오해했다.

손이 이 사실을 알았으면 그야말로 자신의 머리를 마구 때릴 만큼 아쉬운 순간이다.

슈욱~ 척!

"다 왔소. 지난번에 우연히 들렸던 곳인데 차 맛이 아주 일품이었소. 어서 들어갑시다."

"네."

손의 품에서 떨어지자 파비앙은 극심한 허탈감을 느꼈다. 마치 젖먹이 아이가 엄마 품에서 떨어졌을 때와 같은 그런 상실감이다.

"어서 오세요… 어머! 혹시……."

"하하! 맞소. 하지만 지금은 그냥 모른 체해주시오. 우리는 이곳에서 조용히 차 한 잔 마시고 가겠소."

안으로 들어서자 주인이 손과 파비앙을 알아보고는 깜짝 놀랐다. 그러자 손이 얼른 그녀의 말을 막으며 이런 부탁을 했다. 어떻게 보면 그녀의 입장에서는 더 나은 부탁일지도 몰랐다.

"무슨 말씀이신지 알겠습니다. 그럼 어떤 차로 올려 드릴까요?"

"연꽃 차로 두 잔 주시오."

"알겠습니다."

손이 파비앙과 함께 특실로 들어가며 이렇게 주문을 하

자 주인은 곧 향이 그윽한 연꽃 차 두 잔을 내왔다. 그러고
는 의미심장한 미소와 함께 조용히 자리를 비켜주었다.

어쩌면 이로써 내일이면 성안에 두 사람에 관한 스캔들
이 퍼질지도 몰랐지만 숀은 전혀 개의치 않았다. 그렇게 되
면 오히려 자신에게 유리해질 수도 있다는 음흉한 생각이
든 탓이다.

"이 집 분위기 마음에 들어요. 따뜻하고 조용한 데다가
저쪽에서 피어오르고 있는 난로도 참 낭만적으로 보이네
요. 호호……."

"마음에 든다니 다행이오. 나는 혹시라도 당신이 불편해
할까 봐 걱정했거든. 차 맛은 어떤 것 같소?"

주로 산속에서 살아온 숀에게는 괜찮았지만 귀족가의 여
식으로 성장한 파비앙에게는 반대일 수도 있었다.

귀족들이 이런 허름한 찻집에 오는 경우는 거의 없기 때
문이다. 하지만 파비앙은 확실히 달랐다. 그게 숀의 마음을
더 들뜨게 했다.

"훌륭해요. 저희 어머니가 즐겨 드시는 그린 글록시 차보
다 더 깊은 맛이 나는 것 같아요."

"하하! 그건 아가씨 마음이 예뻐서 그럴 거요. 아무튼 그
대가 좋아하니 나도 기분 좋소."

별로 대단한 이야기를 하는 것도 아니고 그렇다고 진짜

로 맛있는 차를 마시는 것도 아니었다.

하지만 두 사람은 지금 이 순간이 너무도 좋았다. 비록 아직 서로의 마음을 전한 것은 아니었지만 함께 있는 것만으로도 마냥 행복했다.

"요즘 많이 바쁘실 텐데 제가 괜히 주군의 시간을 빼앗고 있는 것은 아닌지 모르겠네요."

"당치 않은 소리! 내가 할 일은 이미 다 해놓은 상태요. 설혹 그렇지 않다고 해도 아가씨와 대화를 나누는 시간만큼 중요한 시간이 또 어디 있겠소? 그러니 앞으로 그런 생각은 절대 하지 마시오."

파비앙의 말에 숀이 자신도 모르게 소리를 질렀다. 거기에 놀랐던지 파비앙의 커다란 눈이 더욱 커졌다.

"그 말, 진심이세요?"

"물론이오."

자신을 빤히 바라보며 파비앙이 이렇게 묻자 숀은 하마터면 사랑한다고 말할 뻔했다.

그만큼 지금 그녀의 모습은 치명적으로 아름다웠다. 특히 어둠이 깔리면서 타오르고 있는 불빛에 반사되고 있는 그녀의 얼굴은 환상 속에서나 존재하는 여신이었다.

'이제 겨우 열다섯 살인 데도 이 정도면 나중에는 대체 얼마나 아름다워질까? 어쩌면 나는 지금 대륙 최고의 미인이 될 사람을 보고 있는 것인지도 몰라. 그렇게 되면 수많은 사내가 서로 구애를 하겠다고 난리일 텐데… 역시 지금 그녀를 확~ 내 사람으로 만드는 것이 좋지 않을까? 에휴… 숀아, 제발 정신 좀 차리자. 어린애를 붙잡고 이게 무슨 망측한 생각이냐? 젠장…….'

마음속에서 천사와 악마가 열심히 싸우고 있었다.

소위 말해 부동지심의 무공까지 익히고 있는 그다.

하지만 그런 천하 절대의 무공도 그녀 앞에서는 무용지물이었다. 그게 숀을 자꾸 갈등하게 만들었다.

"저기, 주군."

"왜 그러시오?"

"이건 그냥 궁금해서 묻는 건데요… 혹시 미래를 약속한 분이… 계신가요? 지난번에 보니 소피아 상단주님과 꽤 가까우신 것 같던데… 그분 너무 아름다우시더라고요."

그가 그렇게 갈피를 잡지 못하고 있을 때 파비앙이 갑자기 이런 질문을 던졌다.

그러자 숀은 잠시 소피아를 떠올렸다. 그냥 본능적으로 그랬던 것뿐이었는데 순간 파비앙의 안색이 어두워졌다. 그의 대답이 늦어지는 바람에 지레 그런 것으로 오해를 해버렸던 것이다.

"역시 그랬군요. 하긴 저 같은 게 그런 분과 상대가 될 리가 있겠어요?"

벌떡!

"저 이만 가볼게요. 너무 늦어져 어머니께서 걱정하시겠어요."

파비앙이 아무리 어른스러운 척을 해도 이제 겨우 열다섯 살밖에 안 된 소녀다. 일단 숀에게 여자가 있다는 것을 알게 되자 그녀는 도무지 감정 조절이 되지 않았다. 그랬기에 갑자기 일어나서 집으로 간다고 한 것인데 문제는 숀 역시 이런 경험이 아주 없다는 데 있었다. 그는 그대로 그녀가 자신과 있는 것이 불편해서 어머니 핑계를 대며 돌아가려 한다고 오해했다.

"이런… 내가 깜빡 귀한 아가씨를 너무 늦게까지 잡고 있었던 모양이오. 그럼 이제 갑시다. 바래다주겠소."

"됐어요. 여기서 조금만 가면 마차를 탈 수 있으니 그냥 혼자 갈게요. 차 잘 마시고 갑니다. 그럼 안녕히……."

자신의 호의마저 거절하고 그녀가 나가 버리자 숀은 일순 크게 당황했다. 왠지 화가 난 것 같기는 했지만 그 이유를 알 수 없었기에 너무나도 답답했다. 하지만 그렇다고 주인이 자꾸 이상한 눈으로 보고 있는 찻집에 마냥 앉아 있을 수도 없었기에 숀도 곧 밖으로 나갔다.

"젠장… 내가 뭘 잘못했지? 그녀가 나를 싫어해서 그런

걸까? 갑자기 가슴이 너무 답답하구나. 이럴 때는 미친 듯이 달리는 게 낫겠어."

파앗! 슈우우욱~!

말이 떨어지기 무섭게 숀은 까마득한 허공으로 떠오르더니 순식간에 점이 되어 사라지고 말았다.

Chapter 09

응징의 서막을 열다

건들면 죽는다

1

    새로운 한 해가 시작되던 1월 1일(대륙력 915년) 새벽 5시에 새로운 역사는 시작되고 있었다.

    "모두 모였소?"

    "네! 주군! 총병력 1,800명 모두 연병장에 집결을 완료한 상태입니다!"

    "좋소. 그럼 가봅시다."

    "네!"

    렌탈 남작과 크롤 백작의 보고를 들은 손이 그들과 함께 연병장으로 향했다. 그는 그러면서 속으로는 울고 있었다.

'휴우… 벌써 삼 일째 고민을 해보았지만 그날 그녀가 왜 그랬는지 아직도 모르겠네. 당장 중요한 전쟁을 시작해야 하는데 도무지 그녀에 대한 생각이 떠나지 않고 있으니… 일단 전장을 향해 출발한 다음 기회를 봐서 다시 한 번 이야기를 나누어 봐야겠구나. 진심으로 그녀에게 말을 하면 이유를 알려주겠지.'

그는 여전히 파비앙과 있었던 일을 잊지 못하고 있었던 것이다. 병력을 통솔하는 능력이나 또 싸움을 하는 능력만 큼은 대륙 제일이라고 해도 손색이 전혀 없었지만 연애에는 그야말로 젬병인 그다운 모습이다.

"일동, 기립!"

벌떡!

"주군을 향하여 받들어~ 검!"

"충~성!"

숀이 좌우에 렌탈 남작과 크롤 백작을 거느리고 단상 위에 나타나자 기사 총대장 벨룸이 큰 목소리로 외쳤다.

그러자 1,800명이나 되는 병사가 마치 한 명인 양 동시에 경례를 했다. 이것은 그야말로 장관이었다.

"쉬어."

"쉬어!"

그러자 숀이 경례를 받고 나서 나지막한 목소리로 이렇

게 말했다. 그러고는 곧 자세를 바로 하더니 웅장한 연설을 시작했다.

"드디어 결전의 날이 밝아왔다. 우리는 사람의 모습을 가지고 있으면서도 짐승보다 못한 짓을 저지른 테우신 백작을 치기 위해 이 자리에 모였다. 이는 검을 사랑하고 있는 우리가 검의 뜻을 받들어 정의를 실현하기 위함이다. 모두 나를 따르겠는가?"

"따르겠습니다!"

"정녕 그대들 앞에 죽음이 막는다고 해도 따를 것인가?"

"죽어도 따르겠습니다!"

숀의 외침 속에는 사나이들의 가슴을 들끓게 만드는 힘이 있었다.

그것은 이 자리에 모여 있는 모두에게 한없는 용기를 심어주었으며 커다란 자부심이 차오르게 만들어주었다.

"좋아, 그대들의 결심이 그렇다면 이제 나의 진정한 모습을 밝히겠다. 나는 칼론 왕국의 삼왕자 루카스의 아들이다. 바로 왕세손이라는 말이다."

"헉! 루, 루카스 왕자님의 아들이라니… 저 말이 정말 사실일까?"

"루카스 왕자님은 진심으로 왕국민들을 위했던 진정한 군주감이셨지. 그리고 지금 우리 앞에 계신 숀 님도 언제나 우리 편이셨어. 그것만 보아도 사실이라는 생각 안 들어? 그리고 저런 분이 무엇 때문에 이런 자리에서 거짓말을 하시겠어?"

쑨의 엄청난 선언에 좌중이 잠시 소란스러워졌다. 그러나 쑨과 그의 측근들은 그런 소란을 바로 억제하지 않았다. 병사들에게도 생각할 수 있는 시간을 주기 위해서다.

"저는 쑨 님께서 왕자님의 아들임을 믿습니다!"

"저도 믿습니다!"

그렇게 잠깐의 시간이 흐르자 여기저기서 이런 의견이 날아들었다. 물론 아직 망설이고 있는 사람들도 꽤 있었지만 쑨은 조금도 흔들리지 않았다.

그의 말을 증명해 줄 사람들은 얼마든지 있는 탓이다.

"내가 지금 여러분들에게 정체를 밝히는 것은 이제부터 어차피 여러분과 나는 한 배를 탔기 때문이다. 우리는 죽어도 함께 죽을 것이고 살아도 함께 살 운명이다. 그런 만큼 더 이상 비밀을 남겨두고 싶지 않았다. 묻겠다. 정녕 나를 믿겠느냐?"

"믿습니다!"

잠깐이나마 망설였던 사람들도 쑨의 이 한마디에 완전히 돌아섰다.

드디어 1,800명 전원이 그를 믿겠다고 외쳤던 것이다. 그러자 숀의 얼굴에 환한 미소가 떠올랐다. 지금은 목소리에 사술을 집어넣은 것도 아니었다. 그런 데도 이처럼 병사들이 호응을 하자 기분이 좋았던 모양이다.

"그럼 지금부터 여러분을 인솔할 책임자를 발표하겠다. 우선 렌탈 남작, 앞으로!"

"신 렌탈, 주군의 명을 받드옵니다!"

척척!

숀은 그쯤에서 갑자기 화제를 바꾸더니 대뜸 렌탈을 호명했다.

"렌탈 남작, 그대를 1군 사령관에 임명한다. 받아라! 이 검은 1군 사령관을 뜻하는 증표이다. 최선을 다해 군을 이끌도록 하라!"

"주군의 은혜, 목숨으로 보답하겠습니다!"

렌탈이 숀이 내미는 황금빛 검을 받아들고 이렇게 외쳤다.

그 모습을 보던 병사들은 숀이 왕세손이라는 것을 더욱 믿을 수밖에 없었다. 그렇지 않고서야 벌써 세 개의 영지를 다스리게 될 렌탈 남작이 저런 태도를 보일 리가 없다고 생각한 것이다.

물론 이것도 숀의 계산 속에 있던 행동이다.

"다음 크롤 백작, 앞으로!"

"신 크롤, 주군의 명을 받듭니다!"

"크롤 백작, 그대는 2군 사령관에 임명한다. 그대도 검을 받으라. 2군 사령관의 증표다."

"제 목숨이 붙어 있는 한 주군께 충성을 다하겠나이다."

1군은 900명 전원이 소드 익스퍼트 초급에 올라선 특수 부대를 뜻했다. 그리고 2군은 기마 궁수대와 특수 무기 부대, 그리고 기마 돌격 부대로 이루어진 병력이었다.

어느 쪽이든 엄청난 전력이라고 할 수 있었다. 지금 숀이 군이 자신의 정체를 밝힌 것은 무력으로는 충분하나 그들에게 좀 더 확실한 정신 무장을 시키기 위해서였다.

또 한편으로는 미리 모든 것을 알려주고 철저하게 하나로 뭉쳐야지만 대업을 이루기가 수월하다는 판단도 깔려 있었다.

"멀린 마법사도 나오라!"

"신 멀린, 주군의 명을 받듭니다!"

"마법사 멀린, 그대를 마법병단의 단주에 임명하노라. 그대에게는 병단주의 권능이 담긴 황금 지팡이를 주겠다. 공격보다는 병사들의 안위에 더욱 신경 써주기 바란다!"

"병사들의 목숨을 제 목숨처럼 여기고 최선을 다하겠습니다!"

"와아아아~!"

멀린의 대답을 듣자마자 병사들 사이에서 함성이 터져 나왔다. 그들은 지금 숀의 마음과 멀린의 마음을 느끼고 감격했던 것이다.

그 어떤 부대도 마법사들을 병사들의 안위를 위해 활용하는 경우는 없었다. 오로지 장거리 공격을 위한 무서운 무기로 여기는 것이 일반적이었다. 그것을 알고 있기에 이처럼 환호했는지도 모른다.

"마지막으로 소피아 상단주, 앞으로!"

"신 소피아, 주군의 명을 받듭니다!"

"소피아, 그대를 군수물자 및 정보 책임자를 뜻하는 작전 대장에 임명한다! 그대에게는 나의 권위가 담긴 이 펜을 하사하겠노라!"

"병사들에게 최고의 군수품을 전달하는 것은 물론 적보다 한발 앞선 정보로 주군께 충성을 증명하겠나이다."

숀의 부대에서 소피아와 밤그림자의 입지는 결코 작지 않았다. 한마디로 그들은 이 부대의 돈줄과 정보망인 것이다. 전쟁의 규모가 커질수록 가장 중요하다고 할 수 있는 것이 바로 이 두 가지였다.

그랬기에 숀은 이미 소피아를 렌탈 남작과 크롤 백작만큼 귀히 여기고 있었다. 그것은 모든 부대원들 역시 마찬가지였다.

다만 그런 그녀를 무미건조한 시선으로 바라보고 있는 단 한 사람은 달랐다.

'당신이라면 양보할 수밖에 없겠지요. 너무나도 아름답고 성숙하니까요. 하지만… 그렇다고 해도 포기할 수는 없어요. 그러기에는 내 마음을 너무 많이 빼앗겼거든요. 하아…….'

그 시선의 주인공은 바로 파비앙이었다. 그런데 이렇게 그녀의 오해가 더욱 깊어지고 있는 사이 숀이 다시 입을 열었다.

"이제 진군의 시간이 되었다! 그대들이 나를 따르는 한 나는 절대 지지 않는다! 지금부터 그것을 그대들에게 증명하겠노라!"

스르릉~!

숀이 더욱 우렁찬 목소리로 이렇게 말을 하고는 옆에 차고 있던 검을 힘차게 뽑았다. 그리고 그것을 하늘 높이 추켜올리며 그 안에 충만한 기를 흘려보냈다.

비비빙~!

"모두 나를 따르라~!"

"와아아아~~!!"

무려 일 미터가 넘는 오러 블레이드가 새벽하늘을 관통하며 솟아올랐다. 그 광경을 목격한 병사들은 엄청난 사기가 샘솟아 올라 있는 힘껏 함성을 지를 수밖에 없었다.

전설의 소드 마스터이자 왕국민들이 가장 따랐던 루카스 왕자의 아들이 바로 자신들의 주군 아니던가. 이 두 가지 사실이 그들의 전의를 더욱 활활 불태우고 있었다. 드디어 응징의 서막이 열리는 순간이다.

2

지금까지 왕국 안에 테우신 백작에 관한 악의적인 소문을 끊임없이 퍼뜨려 온 손이다.

그가 그렇게 했던 이유 중 하나는 바로 오늘처럼 진군을 시작했을 때 더욱 당당하기 위해서였다. 처음 테우신 백작 영지를 치기로 결심한 손과 그의 측근들은 두 가지 작전을 논의했었다.

하나는 군대를 몇 개로 나누어서 은밀하게 이동한 후 기습을 하는 것이었고 또 하나는 아예 대놓고 정면 공격을 감행하는 것이었다.

손은 이 가운데 두 번째 방법을 선택했고 그렇게 떳떳하게 진군하는 대신 수많은 사람에게 지지를 얻을 수 있는 방법으로 소문을 이용했다. 그리고 예상대로 그것은 대성공이었다.

"크롤 백작이 마침내 파렴치한 숙부를 치기 위해 궐기했다고 하네. 이제 곧 우리 영지를 지나간대."

"오, 그거 정말 잘되었군. 하긴 나 같아도 참지 못했을 거야. 아버지의 원수인 데다가 자신마저 속이고 영지를 찬탈하려고 했으니 그런 인간을 어떻게 용서하겠느냐고!"

우선 숀의 부대가 테우신 백작의 영지로 가기 위해 지나가야 하는 지역의 영지민들 사이에서 이런 말이 오가기 시작했다.

물론 알고 보면 이런 여론이 조성되고 있는 것은 이미 이지역에서 오래전부터 활동하고 있는 밤그림자 요원들이 자꾸만 밑밥을 뿌리고 있기 때문이다.

"맞아! 아무튼 나는 그 정의의 군대가 우리 마을을 지나가게 되면 무조건 환영해 줄 거야. 그래야 더 힘을 내서 그 악독한 귀족을 처단할 것 아니겠냐고!"

"그거 좋은 생각이네. 나도 그럼 자네와 함께 나가겠어!"

"나도, 나도!"

방금도 먼저 선동한 자가 바로 밤그림자 요원이자 이곳 소피아 상단 지부에 소속되어 있는 상인이었다.

이처럼 그들은 일반인들 틈에 깊숙이 스며들어 있기에 정보를 알아내거나 이런 공작을 펼치기가 수월했던 것이다.

어쨌든 그러는 사이 숀의 부대는 이들이 떠들고 있는 영지 쪽으로 서서히 접근하고 있었다.

"카즈엘 영지가 다가오는군. 이것 보시오, 작전대장."

"네, 주군!"

숀의 부름에 뒤에서 따라오던 소피아가 급히 말을 몰아 그의 곁으로 다가오며 대답했다.

그 모습을 보고 아주 잠깐이기는 했지만 파비앙의 눈썹이 살짝 올라갔다. 그녀는 특수부대의 백인대장인 데다가 렌탈 남작의 딸인지라 지휘관들 바로 뒤를 따르고 있는 중이다. 그랬기에 숀의 일거수일투족을 쉽게 확인할 수 있었다.

"이곳 영지에 관해 아는 정보가 있으면 말해주시겠소?"

"알겠습니다. 우선 영주는 카즈엘 자작인데 올해 나이가 마흔일곱 살입니다. 그는 현재 표면적으로는 바스티안 왕자를 따르고 있지만 실제로는 중립에 가까운 사람이 아닐까 싶습니다."

"그런 판단을 할 수 있는 근거는 뭐요?"

과연 소피아는 정보를 총괄하는 작전대장답게 아는 것이 많았다. 영주가 누구인지, 또 그의 나이가 몇 살인지를 아는 정도는 별게 아닐 수 있다.

그러나 그가 첫째 왕자를 따르고 있지만 실제로는 중립

이라는 사실은 결코 아무나 알 수 있는 사안이 아니었다. 아니, 만일 이런 사실이 첫째 왕자의 귀에 들어갔다가는 무서운 일이 일어날 수 있기에 엄청난 극비라고 할 만한 내용이었다. 그랬기에 숀은 그 점을 더 확실히 알고 싶었던 것인지도 모른다.

"가장 먼저 그의 출신을 들 수 있습니다. 그는 원래 현 국왕이신 루드리히 2세의 충복이었던 사람입니다. 그랬기에 과거 그분께서 세자로 세우셨던 셋째 왕자님의 편에 더 가깝다고 할 수 있지요. 그분이 음모에 희생되고 결국 돌아가셨다는 소문까지 나돌게 되자 한때는 첫째 왕자와 둘째 왕자를 극도로 싫어했던 사람입니다. 그런 사람이 최근 들어 갑자기 첫째 왕자 편으로 돌아섰습니다. 이건 분명 뭔가 있다는 것이 아닐까요? 그래서 중립에 가깝지 않나 하는 추측을 말씀드렸던 거고요."

"흐음… 아무래도 정치적인 어떤 거래가 있을 수 있다는 말 같군. 내 말이 맞소?"

"바로 그것입니다. 그렇지 않고서야 하루아침에 노선을 바꿀 이유가 없거든요."

"알겠소. 나머지는 일단 만나보면 알겠지. 어차피 이곳 영지를 지나가려면 그를 만나야 할 테니까… 설명 고맙소."

"별말씀을요. 그럼……."

어느 정도 이야기가 끝나자 소피아가 다시 자신의 자리로 돌아갔다.

그 모습을 지켜보던 숀의 시야에 파비앙이 들어왔다. 그녀는 여전히 소피아를 보고 있다가 얼른 시선을 돌리던 중이었다.

'혹시 그녀가 나와 소피아의 관계를 의심하고 있는 것일까? 그러고 보니 그날 그녀의 태도가 갑자기 바뀔 때도 소피아에 관한 이야기를 나눈 뒤였어. 이런… 아무래도 큰 오해가 있었던 것 같구나. 에휴… 바보같이 그것도 모르고 이제까지 그녀를 원망만 하고 있었다니… 조만간 기회를 봐서 해명부터 해야겠어.'

그 덕분에 숀은 문득 어째서 파비앙이 자신에게 화가 났던 것인지를 깨달을 수 있었다. 하지만 그렇다고 지금 바로 그녀에게 달려가서 그런 이야기를 나눌 수는 없었다. 상황이 워낙 좋지 않아서다.

물론 그에게는 전쟁보다 그녀의 마음을 다독여 주는 것이 더 급했지만.

[욜라, 내 말 들리지?]

[네, 형. 그렇지 않아도 왜 안 부르나 했어요. 형 생각대로 카츠엘 자작은 루카스 왕자님을 기다리고 있어요. 그가 돌연 바스티안 왕자 쪽으로 돌아선 것도 그분이 살아계실

지도 모른다는 소문을 듣고 나서예요. 형이 얼마 전에 일부러 그런 소문을 흘렸잖아요.]

손이 슬쩍 허공을 보며 혜광심어를 날리자 곧바로 율라의 대답이 들려왔다.

그녀는 혜광심어 대신 '매직 보이스(Magic voice)'를 쓰고 있었다. 그건 최근 멀린에게 배운 수법이다.

원래 매직 보이스는 4서클 이상의 마법사만 사용할 수 있다. 공식이 복잡해서가 아니라 그만큼 마나 소모가 크기 때문이다.

율라는 마법사는 아니었지만 상당한 마나를 보유하고 있는 데다가 수학적인 머리가 뛰어났기에 이 마법을 배울 수 있었던 것이다.

그런 그녀가 손에게 들려준 이야기는 놀라웠다. 특히 손이 일부러 루카스가 살아 있다는 소문을 흘린 것은 충격적이라 할 만했다. 그건 자칫 자신의 부모님을 위험하게 할 수도 있기 때문이다.

[그건 바로 카츠엘 자작과 같은 사람을 찾아내기 위한 소문이었어. 헛소문인 것 같기도 하고 진짜 같기도 한 애매모호한 소문을 퍼뜨리게 되면 자신의 입장에 따라 대응하는 것도 달라지거든. 우리 측 사람이면 카츠엘 자작처럼 우호적인 쪽으로 움직일 것이고 일왕자나 이왕자 쪽 사람이면

헛소문이라고 콧방귀도 안 뀔 거야. 자신들이 했던 짓이 있 거든. 그러니 백 퍼센트 확실한 소문이 아닌 이상 경계조차 하지 않을 거라는 말이지.]

[햐아… 형은 정말 알면 알수록 무서운 사람이에요. 말은 쉽지만 소문을 이용해 이렇게 고도의 심리 전술을 쓸 수 있 는 사람이 과연 몇이나 되겠어요?]

욜라는 자신이 손을 따르게 된 것이야말로 큰 행운이라 는 생각을 하고 있었다.

어떻게 보면 큰돈을 버는 것도 아니고 그렇다고 엄청난 부가 따르거나 명예가 따르는 것도 아니다. 그러나 세상에 서 가장 뛰어난 사람과 함께하면 그보다 훨씬 큰 것을 얻을 수 있다고 여기고 있었다.

그녀에게도 딸린 식구가 전혀 없는 것은 아니지만 그들 은 어차피 그녀가 죽으라고 하면 죽을 정도로 절대 충성을 가진 자들이라 신경 쓸 필요가 없었다. 그리고 무엇보다 그 녀는 지금처럼 손과 이야기 나누는 자체만으로도 좋았다. 그것만으로도 충분했다.

[알고 보면 간단한 이치인데 새삼스럽게 왜 그래? 참, 그 나저나 내가 부탁했던 일은 어떻게 되고 있지?]

[이미 그자의 소재지는 파악한 상태예요. 하지만 아직 그 와 관련된 사람들은 알아내지 못했어요. 워낙 조심스러운

자라 쉽게 꼬리를 드러내지 않더라고요. 아무래도 제가 직접 움직여야 할 것 같아요.]

손이 욜라에게 특별히 부탁한 일은 바로 듀렌의 뒷조사였다. 잊을 만하면 아버지 루카스를 찾아오는 그가 어떤 인물인지 반드시 파악할 필요가 있었다.

[미안하지만 그래줬으면 좋겠어. 그자의 움직임이야말로 가장 큰 변수가 될 수도 있거든. 무슨 수를 써서라도 그자의 정체는 밝혀야 하니 꼭 부탁해.]

[그건 어렵지 않지만 또 공짜로 부려먹기만 하려고요?]

[하하, 그럴 리가 있나. 이번 일을 잘 처리해 주면 그렇지 않아도 큰 상을 줄 생각이야. 필요한 게 있으면 말만 하라고.]

[그건 성공한 다음에 이야기할게요. 대신 무조건 들어주기예요? 그럼 나중에 봐요.]

손이 대답할 틈도 없이 욜라의 흔적이 순식간에 사라져 버렸다. 그리고 바로 그때, 크롤 백작의 말이 들려왔다.

"주군, 카츠엘 자작 영지에 들어서기 직전입니다. 계획대로 여기서부터는 제가 앞장을 서겠습니다."

"그렇게 하게."

대외적으로 이번 전쟁의 주역은 바로 크롤이다.

그런 이상 타 영지 사람들의 눈에는 그가 군대를 모두 통솔하는 것처럼 보일 필요가 있었다.

3

"저기, 크롤 백작님의 군대가 오고 있다!"

"와아아아~ 환영합니다!"

카츠엘 영지에 들어서자마자 수많은 사람들이 길거리로
나와서 기다리다가 열렬한 환영을 해주었다.

그 덕분인지 먼 길을 달려온 병사들의 얼굴에 모처럼 생
기가 떠올랐다.

"하하! 이거 너무 반겨주니 내 얼굴이 다 뜨거워지는군
그래."

"하지만 역시 주군께서는 대단하십니다. 소문 하나로 사
람들의 이런 호응까지 끌어내시다니요. 마치 기적을 보는
느낌이 들 정도입니다."

크롤 백작을 앞장세우고 뒤로 슬쩍 물러나 있던 숀이 이
렇게 말하자 늘 그림자처럼 그의 곁을 따르던 멀린이 그런
그를 치켜세웠다.

실제로 감탄을 하고 있었던 것이다.

"어떤 전쟁을 하게 되든 쉽게 승리하려면 민심을 얻는 것
이 첫 번째라고 할 수 있지. 당장 보기에는 별 볼 일 없는

민초들 같지만 이들이 뒤에서 힘을 보태면 그것보다 무서운 힘은 없는 법이거든. 나의 백부들은 그 점을 전혀 모르고 있어. 그런 이상 절대로 나의 응징을 피할 수 없을 게야. 참, 자네가 이쯤에서 저 군중에게 즐거운 구경거리라도 하나 만들어주는 게 어떻겠나? 제법 효과가 좋을 듯싶은데……."

"그냥 명령을 내려주십시오. 주군께서 그런 식으로 말씀하시니 괜히 쑥스럽습니다."

숀을 처음 만났을 무렵에 워낙 당해서인지, 아니면 그가 평소 늘 보여주는 카리스마 때문인지 멀린은 숀이 권고하듯 말을 하자 선뜻 적응이 어려웠다.

"하하하! 가만 보니 이 사람이 나를 무척 나쁜 사람으로 몰아가는군. 아무튼 좋아, 그럼 명령이니 어서 해보게."

"네, 주군! 플라잉~!"

슈우우욱~!

숀의 명령이 떨어지자 멀린이 플라잉 마법을 사용해 허공으로 날아올랐다. 그러자 사방에서 소요가 일어나기 시작했다.

"저, 저기를 봐! 사, 사람이 날았다!"

"맙소사, 저 사람은 엄청난 실력의 마법사가 분명하다! 허공을 자유롭게 날아다닐 수 있는 그런 마법사가 틀림없어!"

바람 한 점 불지 않는 겨울날 허공에 사람이 떠 있으니 다들 얼마나 놀랐겠는가.

그나마 이 지역에서 활동하고 있는 밤그림자 사람 한 명이 뭔가를 감지하고는 슬쩍 끼어들어 이런저런 선동하는 말을 했다. 그 덕분에 소동으로 번질 수 있었던 사태가 겨우 가라앉았다.

대신 그들의 눈 속에는 짙은 호기심이 떠올랐다.

"나는 크롤 백작님의 복수를 돕기 위해 창설된 연합군의 마법군단장 멀린 마법사입니다. 추운 날씨에도 불구하고 우리들을 환영해 주기 위해 여기까지 나와주신 여러분들께 작은 보답이라도 하기 위해 이렇게 나섰습니다. 다들 추우시지요?"

"네, 춥습니다!"

"그렇다면 제가 보잘것없는 실력이지만 잠시만이라도 여러분의 얼어붙은 몸을 녹여 드리고 싶습니다만… 어때요? 한번 그렇게 해볼까요?"

숀의 생각보다 멀린의 쇼맨십은 훌륭했다.

그는 단숨에 사람들의 관심과 시선을 끌어모으는 데 성공했던 것이다.

오죽했으면 숀마저 그가 다음에 무엇을 할 것인지 궁금해질 정도였다.

"네! 기대해 보겠습니다!"

"좋습니다. 자, 그럼 이제부터 마법을 이용해 여러분들을 따뜻하게 해드릴 테니 혹시 불길이 날아가더라도 겁먹지 말고 저를 믿고 그 자리에 가만히 계시기 바랍니다. 알겠습니까?"

마치 하늘에 계단이라도 있는지 멀린은 허공에서 위아래로 올라갔다 내려갔다를 반복하며 이렇게 말했다.

손이었다면 딱 멈춰 서서 끝까지 말을 할 수 있었겠지만 플라잉 마법으로 그건 불가능했다. 물론 이것만으로도 다들 입을 딱 벌린 채 경악하고 있었지만 말이다. 게다가 그런 모습은 사람들에게 그의 마법 실력에 대한 강한 신뢰감을 주고 있었다.

"알겠습니다!"

"여러분들의 약속을 믿고 시작하겠습니다. 필러 오브 파이어!"

화르르르륵~~!

"엄마야!"

"와아~ 깜짝이야!"

멀린이 갑자기 주문과 함께 자신의 바로 앞에 커다란 마법의 불기둥을 만들어냈다.

그러자 사람들은 자신도 모르게 감탄성을 내질렀다. 이

정도만 해도 일반인들이 쉽게 구경해 볼 수 있는 수준의 마법이 아닌 탓이다.

"가라~ 젠틀 윈드~!!"

휘이이잉~~!

"오오! 따뜻한 바람이다. 바람에 불의 기운이 실려 있어!"

"어머나, 진짜 너무너무 따뜻해요!"

추운 날씨에 비해 대부분이 평민인 영지민들의 옷차림은 부실했다.

그랬기에 환영 인사를 나오긴 했지만 내내 떨고 있었던 상황이다. 그럴 때 불어온 따뜻한 바람이 그들의 몸뿐 아니라 마음도 더욱 따스하게 만들어주었다.

이 마법 하나로 그들의 호감은 몇 배나 더 상승했다.

"멀린 마법사님 만세!"

"연합군 만세!"

그뿐 아니라 이로써 지금 영지 안에 들어온 부대가 크롤 백작군이라는 이미지보다 연합군이라는 이미지를 더 강하게 심어줄 수 있었다.

그건 손도 전혀 예상치 못했던 수확이었다.

"자네, 다시 봐야겠는걸? 이런 일이 있으리라고 예상이라도 했던 건가?"

"그건 아닙니다. 단지 주군께 누가 되지 않으려고 열심히 한 것뿐입니다."

"하하하! 언젠가 이런 말을 들은 적이 있었지. 배움에 목마른 사람은 날이 갈수록 새로워진다고… 그때는 이게 무슨 소린가 싶었는데 오늘 자네를 보니 그 말이 제대로 실감나는군. 앞으로 더욱 자네의 앞날이 기대된다는 말이기도 하네."

"감, 감사합니다, 주군!"

손은 그가 전생에서 자주 사용했던 일신우일신(日新又日新)이라는 말을 풀어서 한마디 했다.

그러자 멀린이 크게 감동하며 얼른 그에게 고개를 숙였다. 처음 듣는 말이지만 왠지 가슴에 와 닿았기 때문이다.

'배움에 목마른 사람은 날이 갈수록 새로워진다라… 정말 곱씹을수록 좋은 말이구나. 휴우… 주군께서는 검술 실력만 뛰어난 것이 아니라 병법도 대단하신 데다가 학식마저 풍부하시구나. 이런 분이 나의 주군이시라니… 정말 내게는 과분할 정도로 자랑스러운 분이시다.'

멀린은 이런 생각을 하며 더욱 겸손한 태도로 손의 뒤를 따랐다. 그리고 그러는 사이 마침내 카즈엘 성문 앞에 도착했다.

"멈추시오! 이곳은 카즈엘 자작님께서 다스리고 있는 곳이오. 그대들은 무엇 때문에 이 많은 군대를 이끌고 나타난 것이오?"

"나는 크롤 백작이다! 내 분명 나를 상징하는 깃발을 세우고 왔거늘 너는 지금 자신의 신분도 밝히지 않은 채 감히 내 신분부터 묻는 것이냐?"

아무리 다른 영지라고는 하나 이곳도 같은 칼론 왕국내의 영지일 뿐이다. 그것도 백작보다 한 단계 낮은 작위인 자작이 다스리는 영지 아니던가. 그랬기에 크롤은 지금 자신들의 정체를 묻고 있는 성문 수비 기사에게 이처럼 버럭 호통부터 쳤던 것이다.

"죄, 죄송합니다. 저는 카츠엘 영지의 성문 경비를 맡고 있는 경비대장, 기사 트미렌입니다! 아직 위에서 지시 받은 사항이 없어서 무례를 저지른 것이니 용서해 주십시오!"

"알았으면 어서 성문을 열어라. 우리는 갈 길이 멀다."

"그것은 곤란합니다. 대신 최대한 빨리 영주님의 허락을 받아 올 것이니 잠시만 기다려 주십시오!"

일개 기사가 백작에게 함부로 굴 수는 없다.

그러나 그렇다고 해서 성문 수비를 담당하고 있는 사람이 무턱대고 성문을 열 수도 없는 노릇이다. 그건 크롤도 잘 알고 있었지만 그럼에도 그는 짜증을 냈다.

"고얀 것들! 지금 너희들이 감히 나를 능멸하려는 것이냐? 어서 문을 열지 못할까!"

"하, 하지만……."

"비켜라, 트미렌. 내가 직접 말씀드리겠다."

"헉, 나오셨습니까? 대장님. 명을 받들겠습니다. 그럼……."

크롤이 재차 소리를 지르자 더욱 곤란해진 트미렌을 구해주는 사람이 등장했다. 그는 바로 카츠엘 영지의 기사대장이다.

"안녕하십니까? 크롤 백작님! 저는 이곳 영지의 기사대장을 맡고 있는 볼프강입니다! 이렇게 인사드려서 죄송합니다만 지금 영주님께서 직접 백작님을 영접하기 위해 나오고 계시니 잠시만 기다려 주시면 감사하겠습니다!"

"카츠엘 자작께서? 알겠다. 그럼 기다리겠다."

아무리 계급이 중요한 세상이지만 여기는 엄연히 카츠엘 자작이 다스리는 영지다.

그랬기에 무턱대고 고집만 부릴 수는 없는 노릇이었다. 게다가 어차피 영주 본인이 직접 나오겠다는 데야 행패를 부릴 수도 없는 노릇 아니겠는가.

"영주님의 명령이시다. 어서 성문을 내려라!"

"성문을 내려라!"

그그그극.

그렇게 약 한 시간 정도의 시간이 흐르자 성문 위에서 이런 외침과 함께 마침내 굳게 닫혔던 성문이 열리기 시작했다.

그리고 그 안에서 일단의 무리가 등장했다.

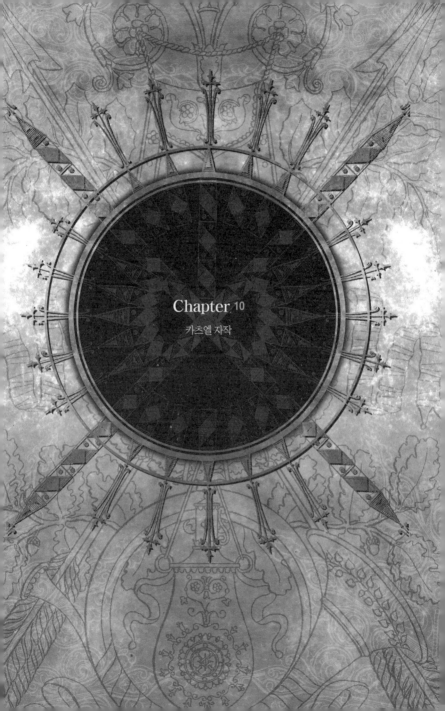

Chapter 10

카즈엘 자작

건드면 죽는다

1

하얀 수염을 가슴까지 기르고 있는 카츠엘 자작은 나이가 많아 보였지만 그야말로 위풍당당했다.

숀은 그의 모습이 관우를 닮은 것 같다는 생각이 들 정도였다. 직접 만난 적은 없었지만 그림을 통해 알고 있던 관우의 모습이나 지금 나타난 카츠엘의 모습이나 매우 흡사했던 것이다.

"어서 오십시오, 크롤 백작님. 처음 뵙겠습니다."

"반갑습니다. 아버님께 이야기를 듣기는 했었지만 이제야 찾아뵙게 되어서 송구합니다. 잘 지내시는지요?"

"물론입니다. 보다시피 아직 건재합니다. 허허… 그러고
보니 선대 크롤 백작님께서 돌아가신 뒤로 그쪽 영지와는
왕래가 없었던 것 같군요. 아무튼 마음 같아서는 바로 안으
로 모시고 싶소만 아무래도 절차라는 것이 있는지라 그러
지 못하는 것을 용서하십시오."

아무리 백작과 자작이라지만 그렇다고 하대를 할 수는
없었다.

같은 귀족인 데다가 나이의 차이가 많은 탓이다. 게다가
과거 선대 크롤 백작과 카츠엘 자작은 제법 친했던 것 같아
서 더 그랬다.

반대로 카츠엘은 지금 이들을 어떻게 처리해야 할지 속
으로 고심을 하고 있었다. 아무리 같은 왕국의 귀족이라지
만 완전무장을 하고 있는 병사 일천 팔백 명을 선뜻 성안으
로 들일 수는 없었기 때문이다.

"오랜만에 뵙습니다, 카츠엘 자작님. 저를 알아보시겠습
니까? 렌탈입니다."

"오, 이런… 렌탈 남작! 이거 진짜 오랜만일세. 근 이십
년은 된 것 같군 그래. 최근 자네가 영지의 위기를 성공적
으로 극복했다는 소문은 듣고 있었네. 그런데 정말로 크롤
백작님과 함께 나서다니… 정말 훌륭하네. 사내라면 그럴
줄도 알아야지. 암."

분위기가 그리 좋은 것 같지 않아 보이자 약간 뒤쪽에 있던 렌탈 남작이 앞으로 나서서 인사를 했다.

그런데 알고 보니 두 사람은 원래부터 알던 사이인 것 같았다. 하긴 한때 루카스를 따르던 사람들이었으니 모르는 것이 더 이상할 터였다. 지금은 여러 가지 문제로 인해 서로의 상황을 모르고 있었지만 말이다.

"아시다시피 저희들은 간악한 테우신 백작을 응징하기 위해 나선 길입니다. 그러기 위해서는 반드시 자작님의 영지를 지나가야 하는 입장입니다. 부디 길을 이용할 수 있도록 허락해 주십시오."

"그 일은 나도 알고 있네. 그럼 이렇게 하는 게 어떻겠는가? 꼭 성을 지나지 않더라도 우리 영지의 동쪽 길을 이용하면 테우신 백작의 영지까지 가는 데 아무 이상 없을 걸세. 그 길은 내가 통과할 수 있도록 해주겠네. 대신 오늘 밤 병사들은 성 밖에서 재우고 크롤 백작님과 자네만 성안에서 자는 게 어떻겠나? 병사들이 진을 구축하는 데는 아무런 불편함이 없도록 필요한 편의는 봐주도록 하지."

렌탈의 제안에 카츠엘은 이런 제안을 내놓았다.

이건 어찌 보면 당연한 조건이었기에 렌탈과 크롤은 동시에 손을 쳐다보았다. 그의 의견이 궁금했기 때문이다.

그것을 감지한 숀이 카츠엘이 눈치챌세라 급히 입을 열

었다. 남작은 물론 백작까지 있는 마당에 이런 중요한 결정을 일개 기사에게 묻는다면 얼마나 이상하게 생각하겠는가.

"저는 그럼 병사들이 오늘 밤 잘 쉴 수 있도록 막사 준비를 시키겠습니다. 멀린 마법사님과 벨론 기사대장, 그리고 더그한 훈련대장이 호위를 맡으면 되겠네요. 두 분, 모처럼 성안에서 편히 쉬도록 하십시오."

"저희 총사령관이 저렇게까지 말을 하니 자작님의 말씀대로 따르는 게 좋을 것 같군요. 잘 부탁드립니다."

"그렇게 결정해 주어서 고맙네. 그럼 어서 안으로 들어가세. 크롤 백작님도 함께 가시지요."

손이 교묘하게 자신의 뜻을 렌탈과 크롤에게 전달하자 렌탈이 그 뜻을 이해했는지 얼른 이렇게 말을 했다. 그러자 카츠엘 자작도 안심했다는 듯 굳었던 인상을 풀며 바로 두 사람을 성안으로 안내했다.

말이 그렇지 크롤과 렌탈이 끌고 온 병력은 결코 작은 규모가 아니다. 중앙 쪽의 영지라면 몰라도 이런 변방 영지에서는 엄청난 부대라고 할 수 있었다. 당장 카츠엘 영지군만 해도 총 칠백여 명에 불과했다. 그런 곳에서 어찌 이천에 가까운 외부 병력을 선뜻 맞이할 수 있겠는가.

사실 말이 좋아 성안에서 쉬는 것이지 렌탈과 크롤은

거의 인질이라고 해도 과언이 아니었다. 밖에 주둔시킨 군대가 문제를 일으키지 못하도록 아예 원천봉쇄를 한 것이다.

숀은 그것을 알면서도 일부러 이런 선택을 했다. 멀린과 벨룸, 그리고 더그한이 함께 있는 한 당장 렌탈과 크롤이 당할 일은 없을 터였다. 또 만에 하나 그들이 기습을 당해 진짜 위험한 상황에 처한다 해도 최악의 경우 자신이 그들을 구출할 수 있는 시간 정도는 벌어줄 수 있다고 판단했기 때문이다.

"부대가 진지를 펼칠 수 있는 곳으로 안내해 드리겠습니다. 이쪽으로 가시지요."

"고맙습니다. 전군, 나를 따르라!"

"알겠습니다!"

크롤 등이 카츠엘 자작을 따라 성안으로 들어가자 남아 있던 이곳의 기사대장이라는 볼프강이 숀에게 다가와 이렇게 말했다.

그러자 숀은 모든 병사들에게 이동 명령을 내렸다.

"이쪽 들판에 진지를 펼치면 될 것입니다. 여기는 북쪽으로 산이 가로막혀 있어서 바람을 막아주거든요. 이곳에 진지를 구축하고 있는 동안 땔감을 준비해 드리겠습니다."

"여러 가지로 신경 써줘서 감사합니다."

비록 성안으로 들어갈 수는 없었지만 과연 카츠엘 자작은 자신의 말대로 밖에 있는 병사들에게도 제법 신경을 써주는 것 같았다. 숀의 부대가 진지를 펴게 된 곳은 성에서도 불과 1킬로미터 정도밖에 떨어지지 않은 곳이다. 그런데다 볼프강의 말대로 들판인 데도 불구하고 바람이 거의 느껴지지 않았다. 이처럼 추운 날씨에는 최적의 장소라고 할 만했다.

"최대한 빨리 막사를 설치하고 저녁 준비를 하라."

"알겠습니다."

볼프강이 사라지자 숀은 제2기사대장을 맡고 있는 가롯에게 이런 명령을 내렸다.

그가 비록 심지는 약하지만 나름 실력 있고 블랙 기사단을 이끌었던 경험이 있기에 이런 중책을 맡긴 상황이다.

그러는 사이 성안으로 들어간 일행은 카츠엘 자작의 초대로 저녁 만찬을 함께 하기 위해 식당에 모여 있었다.

"지금의 병력으로 테우신 백작을 상대할 수 있겠습니까? 내가 알고 있기로 테우신 백작의 영지에는 정예군만 사천 명이 넘는 것으로 알고 있는데……."

"승산이 있다고 판단했으니 공격을 결심한 것 아니겠습니까? 우리가 비록 수는 적지만 일당백의 병사들은 물론 뛰어난 마법사들과 기사들이 있습니다. 그런데 무엇이 두렵겠습니까?"

식사가 나오기 전 카츠엘 자작은 대뜸 이런 말부터 꺼냈다. 하긴 수성도 아니고 공성전을 펼쳐야 하는 마당에 성 방어 병력보다 훨씬 적은 병사를 이끌고 공격에 나서고 있는 상황이니 염려가 될 만도 했다.

크롤도 그런 그의 의도를 알고 있었지만 개의치 않고 당당한 어조로 이렇게 대꾸했다.

"엄청난 자신감이로군요. 그러고 보니 함께 오신 마법사님과 기사들의 기세가 상당한 것 같군요. 영지민들의 말을 듣자 하니 이쪽 마법사님께서는 우리 영지에 들어오자마자 엄청난 실력을 보여주었다는데 어떤 분인지 소개 좀 해주시지요. 마침 우리 영지에도 꽤 실력 있는 마법사님이 한 분 계시거든요. 이참에 두 분이 인사를 나누는 것도 괜찮을 것 같습니다만."

"그거야 뭐 어렵겠습니까? 멀린 마법사님, 직접 인사하시지요."

이상할 정도로 카츠엘은 손의 연합군 전력에 대해 관심이 많았다. 그중 특히 멀린은 벌써 그의 영지 안에 엄청난 마법사로 소문이 난 상태라 더 그러는 것 같았다.

"정식으로 인사드리겠습니다. 저는 연합군의 마법병단을 책임지고 있는 마법사 멀린입니다. 이처럼 영명하신 카츠엘 자작님을 만나뵙게 되어서 영광입니다."

"저야말로 영광이지요. 아무튼 잘 오셨습니다. 참, 조금 전 제가 말씀드린 대로 우리 영지의 마법사님도 소개해 드리겠습니다. 부관, 가서 맥켄리 마법사를 불러오게."

"알겠습니다!'

카츠엘이 굳이 영지 마법사까지 부른 것은 나름대로 이유가 있어서다. 하지만 그 누구도 그가 왜 이러는 것인지 알 수 없었다.

"저를 찾으셨다고요?"

그 이유에 대해 렌탈과 크롤, 그리고 멀린이 잠시 고민하던 사이 어느덧 카츠엘 영지 마법사 맥켄리가 오만한 얼굴로 등장했다.

2

비록 영지군의 수는 적었지만 카츠엘 영지에는 실력이 상당한 마법사와 무서운 기사단이 있는 것으로 제법 알려져 있었다.

그 소문은 멀린 역시 알고 있었다.

숀을 만나기 전이었다면 그는 이런 순간 무척이나 당황했을 터였다. 맥켄리는 최근 5서클에 입문해 그에 대한 소

문이 벌써 왕국 전체에 퍼질 정도로 입지가 대단해진 마법
사다.

원래 수년 전만 해도 사람들에게 칼론 왕국 안에 5서클
이상의 마법사는 왕궁에만 있는 것으로 알려져 있었다.

그러나 그 몇 년 사이 테우신 백작가에 있던 칼베르토가
비밀리에 5서클에 올랐으며 멀린 역시 아무도 모르게 5서
클에 올라섰다가 최근에는 6서클까지 도달한 상태다. 그리
고 마지막으로 맥켄리가 5서클에 올랐던 것이다. 그런 가운
데 그만이 유일하게 그 사실이 소문나서 엄청난 찬사를 받
고 있었다. 그가 오만한 얼굴로 나타난 이유다.

"오, 어서 오시오. 바쁠 텐데 오라고 해서 미안하구려. 실
은 맥켄리 마법사님께 소개해 주고 싶은 사람들이 있어서
말이오."

"마법 연구 중이었지만 영주님께서 부르시는데 어찌 오
지 않을 수 있었겠습니까? 제자들에게 듣자 하니 우리 영지
안에 불청객들이 오셨다던데 저분들입니까?"

맥켄리는 표정만 오만한 것이 아니라 행동도 그랬다. 아
무래도 마나가 두 배로 늘어나자 뵈는 것이 없어진 모양이
다.

그의 이런 심리는 누구보다 멀린이 잘 알고 있었다. 그
역시 비슷한 시기를 겪어보지 않았던가. 단지 그의 곁에는

숀이라는 절대자가 있었기에 빠르게 제정신을 차릴 수 있었던 것뿐.

하지만 그런 것을 전혀 모르고 있는 크롤과 렌탈의 입장에서는 슬슬 분노가 치밀어 오르는 상황이었다.

[두 분, 일단은 참으시지요. 저자가 악해서 저러는 것은 아닙니다. 단지 마법의 단계가 높아지면 마법사들은 한동안 심마에 빠져들거든요. 제가 곧 교훈을 내릴 생각이니 두 분은 지켜보기만 하십시오.]

그것을 감지한 멀린이 매직 보이스를 이용해 두 사람에게 이런 말을 던졌다.

숀과 늘 함께 다녀서 그런지 멀린은 확실히 예전과 달라져 있었다. 훨씬 더 침착하고 무서워진 것이다. 그 점을 느낀 듯 크롤과 렌탈도 얼른 감정을 추슬렀다.

그러고는 먼저 크롤이 나서서 맥켄리에게 다가갔다.

"당신이 그 유명한 마법사 맥켄리인가 보군. 반갑소. 난 크롤 백작이오. 이쪽은 최근 용맹을 떨치고 계신 렌탈 남작이오."

"안녕하십니까? 만나 뵙게 되어 영광입니다."

아무리 잘난 마법사라고 해도 감히 백작에게 함부로 굴수는 없는 노릇. 맥켄리는 일단 속내를 감추고 예의를 갖추어 인사부터 했다.

"참, 그리고 이분은 우리 연합군의 마법병단장 멀린 마법사요. 서로 인사 나누시오."

"멀린입니다. 맥켄리 마법사님에 관한 소문은 시골구석에서도 자주 들었습니다. 우선 5서클에 오르신 것을 진심으로 축하드립니다."

"고맙군. 자네가 영지민들을 모아놓고 쇼를 했던 모양이군. 겨우 4서클 마법으로 영지민들을 홀려놓은 것을 보니 말이야."

멀린이 먼저 예의 바르게 인사를 했지만 맥켄리는 그저 고개만 까딱하더니 더욱 거만한 목소리로 이렇게 핀잔부터 주었다.

실제로 멀린이 영지 입구에서 보여주었던 필러 오브 파이어나 젠틀 윈드와 같은 마법은 4서클 마법사면 누구나 펼칠 수 있는 마법이다. 맥켄리도 소문을 통해 멀린에 대해 들은 바가 있었기에 그를 아직 4서클 마스터급 마법사로 알고 있었다. 게다가 그는 올해 나이가 일흔한 살이다. 그러니 더욱 멀린을 무시할 수밖에.

하지만 그는 지금 한 가지 사실을 간과하고 있었다. 아까 멀린이 허공에 떠 있었다는 사실을 말이다. 마법사가 자유자재로 허공에 뜰 수 있는 마법은 5서클부터나 쓸 수 있지 않은가. 그도 그 일을 듣기는 했지만 그건 무지한 영지민들이 착각해서 그렇게 본 것이거나 아니면 과장되게 소문을 퍼뜨린 것이라고 단정 지어버렸다.

"그저 그들이 추울까 봐 그랬던 것이지 그들을 홀리려고 그런 것은 아닙니다."

"아무튼 요즘 젊은 마법사 녀석들은 너무 경솔해서 문제야. 알량한 재주를 믿고 잘난 체나 하려고 하니 말이야. 쯧……."

끝까지 멀린은 예의를 지키고 있었지만 맥켄리는 이제 그를 아예 애 취급을 했다.

이때 그가 조금이라도 신중한 사람이었다면 멀린의 마나양이라도 체크해 보았을 텐데 그는 그런 행동조차 하지 않았다. 그랬더라면 뭔가 이상함을 느끼고 조금이라도 조심을 했을 텐데 말이다.

멀린이 비록 겉으로는 이처럼 예의 바르고 순해 보여도 주인인 숀과 함께한 시간이 벌써 일 년이 다되어 간다. 그도 점점 뒤끝이 심해지고 있는 이유다. 아직은 꾹꾹 참고 있었지만.

"나이가 든다고 해서 잘난 체를 하지 않는 것은 아닌 모양입니다. 맥켄리 마법사님을 뵙게 되니 문득 그런 생각이 드는군요."

"뭣이라고! 자, 자네, 지금 뭐라고 했는가! 다시 한 번 말해보게!"

나이는 어려도 서클 단계는 멀린이 한참 위다.

5서클 입문자와 6서클 유저와의 차이는 하늘과 땅만큼의 차이였고 마법사라면 그 앞에서 감히 고개도 쳐들지 못하는 것이 정상이다. 그런데 어찌 계속 오냐오냐 받아주기만 하겠는가. 결국 멀린이 이처럼 비아냥거리자 맥켄리는 말을 더듬을 정도로 분노하고 말았다.

기사들 같으면 군주 앞에서 감히 이런 행동을 하지 못한다. 그러나 마법사들은 직업의 특성상 어느 정도는 자유로운 신분이기에 이처럼 귀족들 앞에서 언성을 높이기도 하는 것이다.

"어허… 이거 두 분 다 그만하고 어서 식사부터 합시다. 이것 보시오, 맥켄리 마법사. 그분들은 모두 손님이시오. 그러니 일단 참으시오."

"끄응… 알겠습니다. 대신 식사 후에 제가 제안할 것이 하나 있으니 허락해 주십시오."

"들어보고 합당하면 그렇게 하리다."

사태가 심각하게 흐르자 카츠엘 자작이 끼어들어 두 사람을 말렸다. 그 바람에 맥켄리도 어쩔 수 없다는 듯 겨우 화를 누르며 자리에 앉았다.

"크롤 백작님, 내가 한 가지 제안할 것이 있는데 잠깐 들어보시겠습니까?"

"뭔지 말씀해 보시지요."

그렇게 어색한 가운데 겨우 식사가 끝나고 나자 카츠엘 자작이 크롤에게 이런 말을 던졌다.

"내일 날이 밝으면 백작님 군대의 기사들과 우리 기사들이 검술 시합을 해보았으면 합니다. 물론 말 그대로 시합이니 서로 크게 다치지 않는 범위 안에서 하자는 것이지요."

"갑자기 왜 그런 제안을 하시는 건지 납득이 되지 않습니다만……."

전쟁을 치르러 가는 사람들을 붙잡고 뜬금없이 기사들 검술 시합이라니… 쉽게 이해될 만한 이야기는 아니었다.

"검술 시합뿐 아니라 마법 시합도 함께 했으면 합니다. 만일 백작님 측에서 승리하신다면 이번 전쟁에 우리도 지원을 하겠습니다. 대신 지게 되면 그냥 이대로 돌아가 주십시오."

"네에? 그, 그게 대체 무슨 말씀이신지……."

카츠엘의 제안에 크롤은 물론 렌탈과 멀린, 그리고 뒤에 시립해 있던 기사대장 벨룸과 더그한까지… 한마디로 숀의 사람들은 모두 경악하고 말았다.

사방이 어두워졌지만 렌탈과 크롤, 그리고 멀린은 그들에게 배당된 숙소의 거실에 모여서 한창 대화 중이었다. 카츠엘 자작의 제안이 워낙 충격적이었기 때문이다. 그들은 결국 그 제안에 대한 답을 일단 아침으로 미룬 상태다.

"아무래도 제가 주군께 다녀오는 것이 나을 것 같습니다. 그냥 거절하기에는 뭔가 찝찝하니까요."

"그건 내 생각도 그렇소. 사실 이곳 영지에서 지원을 해 준다고 해봤자 대단한 전력이 될 거라고 생각이 드는 것은 아니오. 그러나 상징적인 의미는 절대 무시 못 할 거요. 이들이 함께한다는 것만으로도 외부적으로 우리 군대의 정당성이 입증되는 것이니 말이오."

멀린이 자리에서 벌떡 일어나며 이렇게 말을 하자 렌탈 남작이 동조하고 나섰다. 시합을 하게 되면 무조건 이길 수 있다는 자신감이 깔려 있기에 가능한 것이었지만.

"하지만 우리는 전쟁을 코앞에 두고 있는 상황입니다. 아무리 시합이라지만 이럴 때 기사들이 힘을 빼는 것은 문제가 있지 않을까요? 게다가 만일 카츠엘 자작이 첫째 왕자의 사주를 받아 뭔가 음모를 꾸미려고 하는 것일 수도 있습니다. 그러니 그냥 거절하는 것이……."

"그래서 주군께 여쭈어보자는 겁니다. 아무리 생각해 보아도 이 문제는 우리끼리 결정할 일이 아닌 것 같거든요."

크롤은 신중한 입장을 보였다. 그의 생각이 잘못된 것은 아니었지만 멀린이 그 말을 자르며 다시 이렇게 말했다. 두 사람도 이미 멀린이 6서클에 올랐다는 것을 알고 있다. 이는 기사로 치면 소드 마스터급의 인물이라는 뜻이다. 그런 만큼 암암리에 멀린은 이미 숀 다음의 실력자로 인정받고 있었다. 그럴 자격도 충분했고 말이다. 그랬기에 그가 강력히 나서자 결국 크롤도 양보할 수밖에 없었다.

"그럼 멀린 마법사님께서 수고 좀 해주십시오. 저도 그게 가장 나을 것 같습니다."

"아침이 되기 전에 돌아오겠지만 혹시 늦더라도 절대 카츠엘 자작에게 먼저 결론을 짓지 말아주십시오. 갔다 오겠습니다."

이런 당부를 남기고 멀린이 밖으로 나갔다. 그들의 숙소는 관사 안에 있어서 주변에 수많은 병사가 경계 근무를 서고 있었지만 멀린은 '섀도 매직'을 이용해 몸을 사라지게 만들어 그들을 간단하게 따돌리며 성벽 앞까지 갈 수 있었다. 그러고는 플라잉 마법으로 성벽을 간단하게 넘더니 순식간에 숀이 있는 막사로 향했다.

한편 숀은 그 시각 지휘관 막사 안에서 작전대장인 소피아와 한참 중요한 대화를 나누고 있었다. 특히 이곳 영지의 주인인 카츠엘 자작에 관한 이야기가 주를 이루고 있었다.

"그러니까 현재 카츠엘 자작의 아들인 토마스란 자의 스승이 그랬다는 말이오?"

"네, 그는 현재 이곳에 있는 저희 지부에 큰돈을 빚지고 있는 상태이거든요. 그에게 부채를 탕감해 주는 대가로 받은 정보이니 틀림없을 겁니다. 만일 거짓말이면 곧바로 그가 살고 있는 집을 빼앗길 뿐 아니라 병석에 있는 노모를 치료할 수 있는 길도 영영 사라질 테니까요."

지금 소피아는 오늘 낮까지도 미처 알지 못했던 새로운 사실을 조사해 와서 손에게 보고하는 중이었다.

"허어… 이럴 때 보면 당신들도 꽤 무서운 면이 있는 것 같소. 상대방을 꼼짝달싹도 못하게 얽어매니 말이오."

"그건 저희들의 생존을 위해 어쩔 수 없습니다. 그런 조사도 없이 거래를 했다가는 금방 망할 테니까요. 저희들은 상인 집단이지 자선단체가 아니거든요."

밤그림자나 소피아 상단이나 어차피 같은 집단이다. 여자 총수가 이끌고 있지만 이들은 실로 치열한 삶을 살아왔다고 할 수 있었다. 그리고 결국 어느 정도 성공을 이루었다. 그 속에는 이처럼 철저한 준비와 프로다운 기질이 한몫했다고 할 수 있었다.

"인정하오. 그리고 정말 고맙소. 그대들이 아니었다면 내가 생각했던 일들이 더 늦어졌을 것이오."

"아닙니다. 주군께서는 저희가 없어도 일을 그르치실 분이 아닙니다. 오히려 저희를 외면하지 않고 이처럼 함께할 수 있는 기회를 주셔서 감사할 따름입니다."

이야기를 나누다 말고 두 사람은 서로 고맙다는 덕담을 주고받았다. 그런 와중에도 숀은 그녀의 얼굴이 참으로 아름답다는 것을 다시 한 번 깨달았다.

'처음 만났을 때는 워낙 조심을 했기 때문에 이 여자의 미모에 현혹되지 않을 수 있었다. 하지만 역시 대단하구나. 단순한 미모만 놓고 본다면 충분히 파비앙과 견줄 수 있을 것 같아. 아흐… 그냥 둘 다 확 아내로 삼아버릴까? 아니, 기왕이면 욜라까지도? 으흐흐……'

"저기… 주군, 갑자기 왜 그러세요?"

"응? 뭘 말이오?"

"입가에 침이……."

"헉! 이런… 츠읍. 내가 배가 고파서 실수한 모양이오. 미안하오."

아무리 절대적인 무공을 가지고 있어도 기본 본능은 어쩔 수 없는 모양이다. 이런 추태를 보였으니 말이다.

그러나 소피아는 그의 이런 모습까지도 마냥 귀엽게만

느껴졌다.

'호호, 가끔 보면 무서운 사람 같지만 이럴 때는 정말 깨물어주고 싶을 정도로 귀엽다니까. 저런 분과 평생 함께 살 수 있다면 얼마나 좋을까? 최소한 심심할 일은 없을 것 같아. 힛.'

"아니에요. 그럴 수도 있죠, 뭐. 아무튼 그래서 그자의 입을 통해 들은 바로는 아직 카츠엘 자작은 루카스 왕자님의 소식만 기다리고 있다고 합니다. 그리고 암암리에 자신과 비슷한 생각을 가지고 있는 귀족들을 규합하려는 움직임도 보인다고 하네요."

현명한 소피아는 손이 더 난처해할까 봐 얼른 화제를 돌려 말을 이어갔다.

"으음… 그렇다면 필히 접촉해 봐야 하는 인물이로군. 이거 갈수록 일이 재미있어지는데?"

자신의 아버지가 세상에서 사라진 지 벌써 이십 년이다. 그런데도 아직 칼론 왕국 안에는 그를 그리워하는 사람들이 꽤 남아 있었다. 그게 너무 기분 좋은 손이다.

"이런, 무슨 일인데 멀린이 이처럼 허겁지겁 오는 거지?"

"네? 갑자기 멀린 마법사가 오다니요? 그는 지금 성안에 있잖아요?"

한참 대화를 하다가 손이 갑자기 이런 말을 하자 소피아는 어리둥절해졌다. 그녀의 귀에는 그 어떤 소리도 들리지 않았던 것이다. 그런데…

"주군! 신, 멀린입니다."

"들어오게."

숀의 말이 있은 후 약 이삼 분 정도가 지나자 진짜로 성 안에 있어야 할 멀린이 나타났다. 그의 등장이 반가운 사람은 또 있었다. 그건 바로 지휘관 막사에서 제법 떨어진 곳에 있던 파비앙이었다. 그녀는 소피아가 막사 안에 들어간 이후로 지금까지 내내 막사의 밖으로 비치는 그림자만 쳐다보고 있었던 터였다. 가슴 졸이며 두 사람이 혹시 이상한 짓이라도 하는 게 아닐까 하는 두려움을 가진 채 말이다. 그럴 때 멀린이 나타나 안으로 들어갔으니 안심이 될 수밖에… 참으로 애틋한 여심이다.

"저희만 성안에서 편안하게 쉬게 되어서 너무 송구합니다."

"나는 지극히 편안하니 그런 생각할 필요 없네. 그나저나 이 시간에 웬일인가?"

실제 주군은 차가운 겨울밤을 허름한 막사에서 보내고 있는데 자신들만 따뜻한 성안에 머물게 되었으니 미안할 만도 했다. 그러나 숀은 그런 것은 전혀 개의치 않았다. 산 골에서만 성장한 그에게는 막사도 훌륭한 숙소였다.

"카츠엘 자작이 이상한 조건을 내걸었습니다."

"이상한 조건이라니?"

이렇게 시작된 멀린의 보고는 꽤 한참 걸렸다. 그가 성안에서의 상황을 워낙 자세하게 설명했기 때문이다. 그런데도 손은 전혀 귀찮아 하거나 그의 말을 끊거나 하지 않았다. 방금 전 소피아가 해준 말과 멀린의 보고 속에서 뭔가 기묘한 공통점이 보이는 것 같아서였다. 그리고 그건 절대 나쁜 일이 아니라는 판단도 들었다. 어쨌든 그러는 사이에도 밤은 점점 깊어지고 있었다.

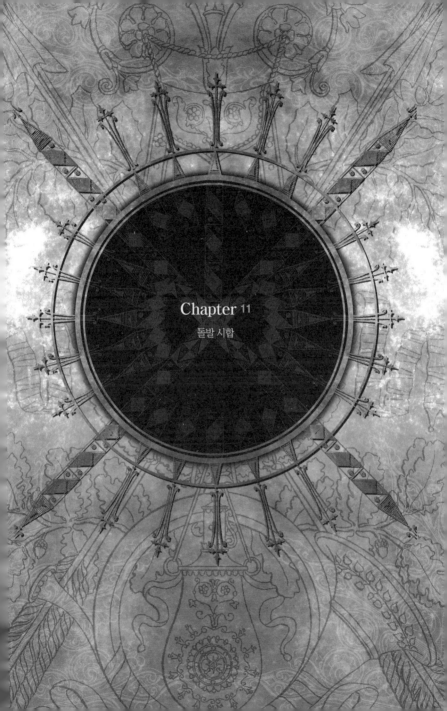

Chapter 11

돌발 시합

건들면 죽는다

1

다음 날, 날이 밝자 숀의 부대원들은 부랴부랴 아침 식사부터 했다.

어쩐 일인지 숀이 재촉을 했던 것이다.

다들 처음에는 왜 그렇게 서두르는 것인지 이해를 할 수 없었다.

그러나 곧 성문이 열리고 일단의 무리가 그들의 진지로 다가오자 그때서야 다들 고개를 끄덕였다.

두두두두…

"어서 오십시오."

"다녀왔습니다, 주군. 멀린 마법사에게 이야기는 들으셨지요?"

"물론입니다. 그런데 시합을 성안에서 하는 것이 아니라 이곳에서 하려는 겁니까?"

약 백여 명쯤 되는 카츠엘 영지군 속에서 렌탈 일행이 달려 나오더니 숀 앞으로 다가와 인사를 했다.

그러자 숀이 고개를 갸웃거리며 이렇게 물었다. 원래 그가 아침부터 서둘렀던 이유는 시합을 할 기사들과 성안으로 들어가게 될 것 같아서였다.

그런데 카츠엘 자작 측에서 우르르 나왔으니 이상할 만도 했다.

"카츠엘 자작은 우리 군대가 성안으로 들어가는 것을 꺼리고 있습니다. 그렇다고 기사들 시합을 제안해 놓고 몇 사람만 불러들일 수도 없었던 모양인지 아예 이곳에서 시합을 하는 게 낫다고 하더군요. 아마 곧 자신이 직접 와서 이야기할 겁니다."

"겉으로 볼 때는 거칠고 터프 한 것 같더니 의외로 약은 사람이군요. 우리 입장에서야 전혀 나쁠 일은 없지만요."

렌탈의 말에 숀이 어깨를 으쓱하며 이렇게 말했다.

하긴 비록 늙기는 했어도 카츠엘 자작의 풍채는 타의 추종을 불허할 만큼 우람했다. 확실히 잔머리를 굴리는 스타일은 아닌 것처럼 보였다.

숀은 그 점을 꼬집어냈던 것이다.

"원래 카츠엘 자작은 전장의 여우라는 별명이 붙어 있는 사람입니다. 겉모습만 보고 판단했다가는 당하기 십상이지요. 그런데 우리 측에서 출전할 기사들은 생각해 두셨습니까?"

"그건 저쪽에서 어떻게 나오느냐를 보고 결정할 생각입니다. 제 예상이기는 하지만 왠지 카츠엘 자작이 직접 출전할 가능성도 있는 것 같거든요."

숀은 어제 카츠엘 자작의 첫인상을 볼 때부터 이런 일을 어느 정도 예상하고 있었다.

매우 도전적으로 보이는 그의 눈빛을 본 탓이다. 설마 이렇게까지 일을 거창하게 벌일 것이라고는 생각하지 못했지만.

두두두두…

"저희 영주님 뜻을 전하기 위해 왔습니다. 어느 정도 이야기가 끝났으면 이제 모두 중앙으로 오시랍니다."

"알겠소. 금방 갈 테니 그리 전하시오."

카츠엘 영지 측에서 기사대장이 달려와 이렇게 말했다. 그러자 크롤 백작이 나서서 대답했다.

그리고 잠시 후 숀의 부대는 카츠엘 영지군이 있는 곳으로 다가가 맞은편 쪽에 자리를 잡았다.

싸우기 위한 이동이 아니었기에 무장은 모두 해제한 채였다.

"우리는 모두 준비가 끝난 상태입니다. 백작님은 출전 기사들을 모두 정하셨는지요?"

"그렇습니다."

카츠엘의 질문에 크롤 백작이 숀의 눈치를 보다가 그가 고개를 끄덕이는 모습을 보고 잽싸게 그렇다고 대꾸했다.

"그럼 바로 시작합시다. 어차피 결정 난 거 날씨도 추운데 시간을 끌 필요는 없겠지요."

"알겠습니다. 자작님 측에서 진행을 해주시지요. 거기에 따라가겠습니다."

"그렇지 않아도 어제 이웃 영지의 훈련대장 에단이 방문했었습니다. 그 사람에게 진행을 맡기는 것이 공평할 테니 그렇게 하겠습니다."

볼일이 있어서 온 것인지, 아니면 카츠엘이 불러서 온 것인지는 알 수 없었다.

그러나 그 어느 쪽이든 상관이 없었기에 숀 측에서는 굳이 반대하지 않았다.

"그럼 지금부터 카츠엘 영지의 기사들과 크롤 백작님의

기사들 간에 친선 시합이 있겠습니다. 양쪽 참가하실 분들은 모두 앞으로 나와주십시오."

이웃 영지의 훈련대장이라는 에단이 큰 목소리로 이렇게 외치자 크롤 백작과 렌탈 남작의 시선이 동시에 숀을 향했다.

어서 기사들을 정해달라는 뜻이다.

"일단 저쪽 기사들이 등장하는 것을 보고 호명하겠습니다. 잠시 기다리시지요."

"알겠습니다."

숀이 이렇게 대답하는 사이 카츠엘 영지 쪽에서는 어느새 다섯 명의 기사가 들판 위에 임시로 꾸며놓은 시합장에 등장했다.

놀랍게도 그중에는 카츠엘 자작 본인도 있었다. 순간 숀은 매의 눈처럼 날카로운 시선으로 그들을 찰나 간에 스캔했다. 마나 정도를 파악한 것이다.

"렌탈 남작님, 몸 한번 풀어보시겠습니까? 카츠엘 자작을 상대로 말입니다."

"예전 같으면 기권했겠지만 지금은 오히려 감사할 따름입니다. 주군께 멋진 승리를 바치겠습니다."

숀은 가장 먼저 렌탈을 지목했다.

상대측에서 영주가 나섰으니 이쪽에서도 그 정도 인물이

나서야 공평하다고 생각한 탓이다.

사실 겉으로 볼 때는 젊은 크롤 백작의 실력이 나을 것 같았지만 렌탈은 그동안 숀에게 비밀 교습을 틈틈이 받아 왔기 때문에 이미 그의 수준을 훌쩍 넘어선 상태다.

크롤도 그것을 알고 있었기에 전혀 불만을 갖지 않았다.

"벨룸 총기사대장, 더그한 훈련대장, 그리고 소피아 작전대장, 앞으로!"

"네, 주군!"

"네!"

척척척!

그리고 그 뒤로 숀은 이렇게 세 사람을 불렀다.

그가 굳이 소피아를 부른 것은 그녀의 입지를 공식적으로 높여주기 위해서다. 돈이 많아서 작전대장이 된 것이 아니라 실력도 충분하다는 것을 증명해 보이는 것이 필요하다고 생각했던 모양이다.

"자, 그럼 우리도 어서 나갑시다."

"네!"

총 네 명을 호명하고 숀이 이렇게 말하는 것은 그 자신도 시합에 출전하겠다는 뜻이었다.

그 바람에 일행들은 모두 한껏 사기가 올랐다. 무조건 1승은 따놓고 가는 것이나 마찬가지였기 때문이다.

"허허… 크롤 백작님이 나올 것이라고 예상했었는데 자네가 나올 줄은 몰랐군. 설마 내가 늙었다고 만만하게 생각하는 것은 아니었으면 좋겠어."

"그럴 리가요. 단지 최근 들어 저도 꽤 열심히 검술 훈련을 해온 터라 이참에 점검해 보고 싶어 나왔습니다. 잘 부탁드립니다."

숀 측의 출전 기사들 면면을 살펴보던 카츠엘이 의외라는 듯 이런 말을 던졌다.

현재 렌탈은 내공심법을 전수받은 지 얼마 되지 않은 터라 마나 양은 그리 높지 않았다. 그랬기에 카츠엘은 그의 수준을 한참 낮게 보고 있었던 것이다.

과거의 명성이나 실력도 그가 월등히 앞섰기에 그런 것도 있었겠지만.

"검술 점검은 영지 안에서 하는 것이 나았을 텐데… 안타깝군. 그러나 시합은 시합이니 내가 너무 과격하다고 원망하지는 말게."

"물론입니다. 최선을 다할 생각이니 자작님께서도 실망스럽지 않을 겁니다."

"그건 두고 보면 알겠지. 참, 그리고 이쪽은 총사령관이라고 했던가?"

"그렇습니다."

렌탈과 대화를 나누던 카츠엘이 슌을 힐끔 쳐다보다가 갑자기 이런 질문을 던졌다.

렌탈의 마나 양도 실망스러웠는데 그보다 더한 사람을 발견했으니 어처구니가 없었던 모양이다.

"그것 참… 연합군 총사령관이라는 사람이 닭 잡을 힘도 없는 것처럼 보이네그려. 이것 보게, 렌탈 남작."

"네, 자작님."

"다시 한 번 말하겠는데 이 시합에서 지면 무조건 돌아가야 하네. 설마 그것을 잊은 것은 아니겠지?"

카츠엘은 면사를 쓰고 있는 소피아를 보며 걱정스럽다는 투로 다시 한 번 이번 시합의 중요성을 상기시켰다.

하긴 최고의 기사들이 출전하는 시합에 여자까지 대동했으니 한숨이 나올 만도 했다.

"물론입니다."

"좋아, 그럼 이제 진행하지."

"양측 기사분들은 각자 자신의 자리로 돌아가 주시기 바랍니다. 대결 방식은 주최 측인 카츠엘 영지의 기사가 먼저 나오면 연합군 쪽에서 그와 싸울 만한 기사를 내세우는 형태로 가겠습니다. 그럼 지금부터 시합을 시작하겠습니다!"

어느 정도 이야기가 끝나자 에단이 자연스럽게 앞으로 나서며 이렇게 말했다. 드디어 아무도 예측하지 못했던 돌발 시합이 시작된 것이다.

2

비록 변방에 위치하고 있기는 했지만 카츠엘 영지의 병사들과 기사들은 강했다.

그들을 이끌고 있는 카츠엘이 벌써 사십 년 가까이 그들을 훈련시키고 키워왔기에 그 어느 영지와 비교해도 뒤지지 않을 만큼 상당한 실력을 갖추고 있었다.

"첫 번째 출전하실 기사분은 앞으로 나와주십시오!"

"기사 해리스, 선봉으로 나서겠습니다. 자신 있는 분은 도전해 주십시오."

해리스는 카츠엘 영지의 훈련대장이다.

첫 번째인만큼 상당한 강자가 나선 것 같았다. 그러자 손은 대뜸 소피아를 지목했다.

"작전대장, 할 수 있겠소?"

"물론입니다."

"그럼 나가보시오."

과거 그녀는 손과 싸워본 경험이 있다.

비록 아예 상대가 되지 않는 수준이기는 했지만 숀은 그녀의 실력을 꽤나 높게 평가하고 있었다. 워낙 순발력이 좋은 데다가 임기응변이 뛰어났기 때문이다.

그러나 그녀가 나서는 순간 구경을 하고 있던 양측 진영에서는 우려의 목소리가 흘러나왔다.

"첫 시합이 가장 중요할 텐데 어째서 작전대장님을 내세우신 것일까?"

"그러게 말이야. 누구 저분이 검을 휘두르는 모습을 본 사람 있나?"

숀의 진영에서 백인대장 가운데 한 명인 하인리가 우려 섞인 목소리로 한마디 했다.

그러자 역시 같은 백인대장인 크누센이 맞장구를 치며 다른 병사들에게 이렇게 물었다.

"저는 작전대장님께서 검을 차고 계신 것도 본 적이 없는 것 같은데요?"

"저기 보십시오. 지금도 검을 들고 계시지 않습니다."

다른 사람보다 유별나게 머리가 큰 병사 한 명이 손가락질을 하며 이렇게 외쳤다.

그에 따라 시선을 돌리던 모두의 입에서 자신도 모르게 한숨이 흘러나왔다.

지금 막 시합장에 들어서고 있는 소피아의 손에 정말 검이 들려 있지 않았기 때문이다.

"하지만 다들 주군을 믿지?"

"물론입니다!"

"그렇다면 작전대장님의 승리도 믿는 거다. 알겠나?"

"알겠습니다!"

하인리와 크누센은 누구보다 먼저 숀을 만난 병사들이다. 그들은 숀을 아예 신처럼 여기고 있었다.

그랬기에 자신들도 불안하기는 했지만 하인리가 먼저 일어서서 이렇게 외쳤다. 그 바람에 병사들도 따라 소리쳤다.

"그럼 지금부터 소리 질러 응원하자! 작전대장님, 파이팅!"

"작전대장님, 파이팅!"

이처럼 숀의 병사들은 소피아를 응원하기 시작했지만 카츠엘의 병사들은 거의 노골적으로 비웃고 있었다.

그러나 소피아는 안색 하나 변하지 않은 채 태연하게 시합장 중앙에 자리했다.

"저는 연합군의 작전대장을 맡고 있는 소피아라고 해요. 잘 부탁드립니다."

"으음… 정말 나와 싸우실 생각이오?"

"그럼 내가 놀러 나온 것으로 보이나요?"

"이건 장난이 아니외다. 일단 시작을 하면 봐줄 수 없다는 말이오. 그러니 다시 한 번 생각해 보시오."

해리스는 기사답게 소피아의 안위를 걱정해 주었다. 그러나 그녀의 입장에서는 기분이 나쁠 수밖에 없었다.

"내가 지금 여자라고 우습게 보이나본데 과연 조금 후에도 그처럼 여유를 부릴 수 있을지 보겠어요."

"좋소. 그렇다면 어째서 여자가 집에서 살림만 해야 하는지 똑똑히 알려 드리리다."

차앙!

결국 해리스는 소피아의 도발에 간단히 넘어가고 말았다. 그랬기에 그는 이런 말과 함께 힘차게 검을 뽑았다.

이 무렵 칼론 왕국은 기사들의 시합에서 일기토─말을 타고 일대일로 싸우는 방식─가 사라진 지 오래였다.

창술보다 검술의 중요성이 훨씬 부각되었기 때문에 이처럼 검으로 싸우는 것이 일반적이었던 것이다.

"어서 검을 뽑으시오."

"내 걱정은 그만두고 당신 걱정이나 하시죠? 그렇게 잘난 체를 하다가 당하면 훨씬 망신스러울 테니까 말이에요."

자신은 처음부터 지금까지 예의를 다했건만 소피아는 여전히 그의 신경을 거스르는 말만 하고 있었다.

그중에서도 지금 던진 말은 기사의 자존심마저 깔아뭉개
는 내용이었기에 결국 해리스도 이성을 잃고 말았다.

"보자 보자 하니까 정말 겁이 없구나. 어디 받아봐라!"

부우웅~!

"어림없다!"

좌르르르~ 팅!

해리스의 검은 묵직한 바스타드 소드였다.

그런 데도 그는 검을 한 손으로 잡고 번개가 무색할 만큼
빠른 속도로 소피아를 공격했다.

대부분 이쯤에서 시합이 끝났다고 생각할 정도다.

그러나 그 순간 괴상한 소리와 함께 소피아의 허리에서
뱀처럼 흐느적거리는 무엇인가가 튀어나와 그의 검을 튕겨
냈다.

바로 그녀가 평소 차고 다니던 연검이었다.

"그까짓 연검으로 그렇게 큰소리를 쳤는가? 어디 또 받
아보아라!"

슈우욱~!

해리스는 조금도 당황하지 않고 얼른 몸을 돌려 자세를
다시 잡았다.

그러고는 조금 전보다 더욱 빠른 속도로 그녀의 목을 노
리고 섬뜩한 찌르기를 시도했다. 바로 그때 놀라운 일이 벌

어졌다.

"걸렸군. 이야압!"

피잉! 휘리릭~ 챙그랑!

"윽! 말, 말도 안 돼."

해리스의 검이 소피아의 목을 찌르기 직전 그녀의 연검
이 진짜 뱀으로 둔갑한 것처럼 그의 검신을 휘감았다.

그러고는 순식간에 검을 낚아채 허공으로 날려 버렸다.

이후 다시 제자리로 돌아오더니 해리스가 다른 동작을
취하기도 전에 그의 목젖 앞에 멈추어 섰다.

눈 깜짝할 사이에 두 사람의 처지가 완전히 뒤바뀌어졌
던 것이다.

"……."

"……."

설명은 길었지만 이 모든 일이 일어났다가 끝난 시간은
채 1분도 걸리지 않았다.

특히 승부가 결정지어지던 순간은 0.1초도 되지 않을 만
큼 짧은 시간이었다. 그랬기에 잠깐 동안 그 누구도 입을
열지 못했다.

"끝난 것 아니오?"

"연, 연합군 작전대장, 승!"

"와아아아~!"

결국 숀이 한마디 하고 나서야 진행을 맡았던 에단이 퍼뜩 정신을 차리며 커다란 외침과 함께 소피아의 왼손을 번쩍 치켜들었다.

그러자 숀의 진영에서 어마어마한 함성이 터져 나왔다. 응원은 했지만 설마 그녀가 이기리라고는 상상도 못 했기에 그들의 기쁨은 훨씬 클 수밖에 없었다.

그러나 카츠엘의 진영은 상갓집처럼 고요했다.

"기사 프레드릭은 나가라!"

"네! 영주님!"

아까보다 안색이 훨씬 어두워진 채 입을 꾹 다물고 있던 카츠엘이 착 가라앉은 목소리로 프레드릭이라는 기사를 내보냈다.

그는 방금 전 패배한 기사 해리스보다 목 하나는 더 큰 거구의 사내였다.

"기사 벨룸, 해볼 텐가?"

"물론입니다, 주군."

"속전속결을 해야 우리 병사들이 덜 춥다. 무슨 말인지 알겠지?"

"네!"

그렇게 출전한 벨룸은 딱 두 수 만에 기사 프레드릭의 검을 반토막 내버렸다.

이것은 방금 전 소피아가 상대방을 약 올려 방심하게 한 다음 이긴 것과는 또 다른 충격을 카츠엘 영지에 안겨준 사건이었다.

"와아아아~! 벨룸 대장님, 멋져요!"

"연합군 만세!"

그로 인해 숀 측 병사들의 사기는 끝없이 솟아올랐다.

이것은 전쟁이 아니었지만 자존심이 걸려 있는 시합이었기에 전쟁에서 이긴 것보다 더 기뻤는지도 몰랐다.

"끄응… 과연 테우신 백작의 영지를 치겠다고 나선 자들답게 아주 엉터리는 아닌 것 같군. 그래 봤자 그 운도 끝이겠지만… 기사 험프리, 설마 자네까지 실망을 안기지는 않겠지?"

"물론입니다!"

"믿겠네. 어서 나가보게."

"네!"

험프리가 먼저 나갔던 해리스나 프레드릭보다 강한 것은 아니다.

그러나 그는 원래 어쎄신 출신인지라 나름 감추고 있는 비장의 한 수가 있었다.

카츠엘 자작은 그 점을 알고 있었기에 아직 희망을 가질 수 있었다. 험프리가 이기고 나면 영지 최고의 실력자인 자신과 기사대장 볼프강이 출전할 수 있다.

그리고 상대는 마나 양이 형편없는 렌탈 남작과 총사령관이라는 애송이뿐이다.

그가 아직 웃을 수 있는 이유였다.

Chapter 12

진정한 강자

건들면죽는다

1

손은 험프리라는 자가 나서는 순간 한눈에 그가 어쌔신 출신임을 알아보았다.

어쌔신은 그의 전생에서 살수와 같은 직업이다. 그 자신은 당시 고금제일의 살수가 아니었던가. 올라를 만났을 때 단숨에 그녀의 성향을 알아본 것처럼 그는 지금 험프리에 관해서도 금방 알아본 것이다.

"더그한."

"네, 주군!"

"저자의 왼손을 잘 보게. 손끝을 약간 안으로 구부린 것이 보이나?"

"그렇군요. 그런데 왜 저러고 있는 것입니까? 기사라면 손끝 하나까지도 긴장해야 하는 순간일 텐데…….."

숀은 더그한을 내보내기 전 그를 불러 험프리의 왼손에 주목하게 했다. 그러자 더그한은 고개를 갸웃거리며 이렇게 중얼거렸다. 이해할 수 없다는 뜻이다.

"저건 그의 왼쪽 소매 안에 비수나 표창과 같은 암기가 감춰져 있다는 것을 의미하지. 그것만 조심하면 별문제 없을 거야. 어서 나가보게."

"감사합니다, 주군! 승리하고 돌아오겠습니다!"

원래 더그한은 크롤 영지의 사령관으로 렌탈 영지를 공격했다가 숀의 능력에 감복해서 투항했던 사람이다. 이후 누구보다도 열심히 숀에게 검술을 배웠으며 또한 병사들에게 검술을 가르쳐 왔다. 그 덕분에 과거에 비해 실력이 훨씬 나아진 그다.

그랬기에 숀의 이런 조언은 그의 자신감을 더욱 높여주었다.

"잘 부탁하오."

"나 역시 마찬가지요. 자, 그럼 공격하겠소. 끼요옷~!"

"얼마든지!"

앞에 나가자마자 더그한이 인사를 하자 험프리도 화답을

하더니 곧바로 공격을 시작했다. 그는 매우 날렵하면서도 날카로운 세이버를 사용했는데 공격 패턴도 그에 걸맞게 빠르고 교묘했다. 그러나 더그한 역시 노련한 기사답게 기이한 각도로 날아드는 그의 검을 침착하게 막아내며 역공의 기회를 노렸다.

챙! 창! 차창! 챙!

이런 대결은 구경꾼들에게는 더한 재미를 주었다. 정신없이 몰아치는 공격과 그것을 모두 막아내는 빈틈없는 방어. 그야말로 손에 땀을 쥐게 하는 장면이 한동안 계속되었다. 앞의 대결은 워낙 빨리 끝나 허무할 정도였는데 이번에는 기사들의 용맹을 제대로 감상할 수 있었다.

그러나 어느 순간 더그한의 눈빛이 매섭게 빛났다. 마침내 험프리의 약점을 찾아낸 것이다. 그런데 그 모습을 지켜보던 숀은 오히려 걱정스럽다는 표정을 지었다.

'쯧, 결국 인내심 싸움에서 밀리는구나. 상대가 아직 암습을 하지 않은 것은 보다 완벽한 찬스를 노린 것인데 그걸 모르다니… 어쨌든 정당한 시합이니 도와줄 수는 없는 노릇. 때로는 패배도 약이 되는 법이지.'

"간다! 타핫!"

그그극~ 챙!

"웁스!"

손이 이런 생각을 하는 사이 어느새 상황은 더그한에게 절대적으로 유리한 국면을 맞이했다. 그의 강력한 공격이 험프리의 빠른 손놀림을 차단했기 때문이다.

거기에 당황을 했는지 험프리는 짧은 신음성과 함께 뒤로 두 걸음이나 물러섰고 그것을 보자마자 더그한의 필살기가 날아갔다.

"끝이다!"

슈우우욱~~!

씨익~!

더그한의 검이 당황한 것처럼 보이는 험프리의 가슴을 노리고 날아가던 순간 그의 입가에 기이한 미소가 맺혔다.

더그한도 그것을 보고 불길한 예감을 느꼈지만 그렇다고 멈출 수도 없는 상황이었다. 워낙 힘이 실린 공격이기 때문이다. 그리고…

차앙! 불쑥!

"컥!"

질끈…

그의 필살기는 미리 준비하고 있던 상대의 세이버에 막혔으며 동시에 험프리의 왼손 소매에서 튀어나온 비수가 찰나 간에 더그한의 목으로 날아들었다.

어찌나 놀랐던지 더그한은 본능적으로 눈을 감고 말았다.

"기사 험프리, 승!"

"와아아아아~~!!"

그리고 악몽과 같은 순간이 찾아왔다. 진행자의 이런 판정을 듣고 눈을 뜬 더그한이 험프리의 비수가 자신의 목젖 바로 앞에 멈추어 있는 것을 발견했던 것이다.

"크흐흑… 죄, 죄송합니다, 주군. 무능한 저를 벌하여주시옵소서!"

"괜찮아. 한 번 졌다고 세상이 끝나는 것은 아니지. 자네가 진정한 기사라면 오늘의 패배를 거울삼아 더욱 검술에 매진하도록."

"감, 감사합니다!"

남자는 아무 때나 울지 않는다. 특히 더그한은 철이 든 이후 단 한 번도 울어본 적이 없을 만큼 감정이 메마른 사람이다.

그가 지금 눈물을 흘리는 것은 그만큼 억울하다는 감정이 큰 탓이다. 그 점을 알기에 숀은 이런 말로 그를 위로해 주었다.

어쨌든 관전자들의 입장에서는 그의 패배가 오히려 극적인 재미를 더해주고 있었다. 그가 이겼으면 나머지 경기는 하나 마나가 될 수도 있었지만 져 버린 바람에 카츠엘 영지 쪽에도 희망이 생겼기 때문이다. 이후 두 번을 연속으로 이기면 카츠엘 영지가 승리할 수도 있었으니 말이다.

"이제 자네와 나만 이기면 우리의 승리로군. 자신 있겠지?"

스윽…

"자신이요? 큭큭… 아, 죄송합니다, 영주님. 저자가 워낙 부실해 보여서 저도 모르게 웃음이 터졌나 봅니다."

카츠엘의 질문에 자신의 상대로 내정되어 있는 숀을 살펴보던 기사대장 볼프강이 갑자기 실소를 흘렸다.

그 순간 하품을 하는 그의 모습이 눈에 들어온 탓이다. 마나도 형편없는 자가 저런 모습까지 보이니 얼마나 만만해 보였겠는가.

"괜찮네. 나 역시도 지금 웃고 싶은 심정이니까. 나가서 우리 영지의 강한 힘을 저들에게 똑똑히 알려주고 오게."

"걱정 마십시오! 영주님께 통쾌한 승리를 안겨 드리겠습니다!"

볼프강은 자신만만한 모습으로 시합장 중앙으로 나갔다. 그러자 카츠엘 진영 쪽에서 열화와 같은 함성이 터져 나왔다.

"와아아아~! 기사대장님께서 나오셨다!"

"승리는 또 우리의 것이다!"

숀의 진영 측에서는 모르고 있었지만 카츠엘 영지의 기

사대장 볼프강은 이 지역 일대에서는 아주 유명한 기사였다. 인근 세 개 영지 통합 기사 대전에서 당당히 우승을 차지했던 사람이었기 때문이다.

하지만 그는 오늘 대진 운이 나빠도 너무 나빴다.

"주군, 빨리 끝내실 예정입니까?"

"내가 굳이 이 시합에 나서는 이유는 카즈엘 자작의 마음을 완전히 끌어오기 위해서네. 그는 나이에 비해 도가 지나칠 정도로 열혈적인 사람이지만 저런 사람이 의리는 최고라고 할 수 있지. 그에게 내 존재감을 심어줄 생각이야."

손이 나가려고 하자 내내 조용히 관전만 하던 멀린이 다가와 이렇게 물어보았다. 손이 이기는 것은 기정사실이지만 그가 어떤 식으로 승부를 낼지가 궁금했던 모양이다.

그러자 손이 처음으로 자신이 나가는 이유를 말해주었다.

"무슨 말씀인지 알 것 같습니다. 하긴 그 어떤 사내라도 주군의 강함을 경험하고 나면 반하지 않을 수 없겠지요. 주군의 시합을 지켜보면서 저도 어떻게 시합을 이끌어갈지 그것을 고민해 보겠습니다."

"후후… 아주 좋은 생각이야. 자네 역시 압도적인 실력 차이를 보여주는 쪽으로 초점을 맞추게. 자신이 강하다고 생각하는 자들을 어설프게 이기면 운 탓으로 돌리는 나쁜

습관이 있거든. 그걸 잊지 말게."

"명심하겠습니다."

기사들의 시합이 끝나면 마법사들 역시 시합을 갖게 된다. 처음부터 마법 시합을 하게 되면 불과 물 등에 의해 시합장이 난장판으로 변할 가능성이 있어서 이런 순서를 정했던 것이다.

아무튼 숀은 말할 것도 없겠지만 멀린도 이곳에서 적수를 찾아볼 수 없는 사람이지 않은가. 그런 만큼 그 역시 그냥 이기는 것보다 어떻게 이기느냐를 놓고 고민하고 있었다.

"자, 그럼 슬슬 나가볼까?"

"너무 심하게 다루지 마십시오, 주군. 하하!"

"저희들은 볼프강인지 하는 자를 응원할 것이니 너무 서운하게 생각하지 마십시오!"

숀이 시합장으로 향하는 동안 그의 진영에서는 이런 소리가 들려왔다. 얼마나 그를 믿고 있으면 적을 응원한다는 말까지 나오겠는가.

어쨌든 그런 말까지 들은 카츠엘 자작은 머리를 절레절레 흔들고 말았다. 그들이 아예 단체로 미쳤다고 생각한 탓이다.

손이 가운데로 나오자 그런 그를 지켜보며 비웃음을 흘리던 볼프강이 먼저 검을 뽑아 들었다. 그러면서 얼른 여유 있는 표정으로 바꾸며 천천히 입술을 떼었다.

스르릉~!

"나는 보통 때는 너그러운 사람이지만 승부 앞에서는 다릅니다. 그러니 아주 조심하는 것이 좋을 겁니다."

"그거 아주 마음에 드는 말이군. 그럼 어서 덤벼보십시오."

볼프강의 말에 손은 그저 덤덤한 말투로 이렇게 대응했다. 그러자 볼프강의 눈썹이 위로 올라갔다. 기분 나쁘다는 뜻이다.

"그런 말을 하려면 검부터 꺼내는 것이 어떻겠습니까? 괜히 또 당하고 나서 검도 뽑지 않았느니 어쩌니 하면서 쓸… 헉! 이, 이럴 수가……."

"왜요? 뽑으라고 해서 뽑은 것뿐인데 뭐가 잘못됐습니까?"

멍…

말을 하던 볼프강은 물론 지켜보던 모든 사람이 할 말을 잃고 말았다. 어느새 손의 검이 검집에서 나와 그의 목젖 위에 놓여 있었기 때문이다. 지켜보는 눈이 무려 4천여 개다. 구경꾼만 이천 명 가까이 되었으니 말이다. 그런데 단한 사람도 지금 손이 언제 검을 뽑았으며 공격을 한 것인지보지 못했다. 이건 마치 환각처럼 벌어진 일이었다.

"꿀꺽! 이, 이건……."

스르릉~ 척!

"이상하면 처음부터 다시 해볼까요? 아니, 그러지 말고느려터진 당신에게도 한 번쯤은 기회를 주어야겠지요? 어서 공격해 보십시오."

볼프강이 마른침까지 삼키며 어쩔 줄을 몰라 하자 손이도로 검을 검집에 넣으며 이렇게 제안했다.

벌써 끝난 승부인데도 다시 한 번 기회를 주는 것이다.

"사양하지 않겠습니다. 이얍~!"

슈우욱~!

"헉! 저, 저런……."

검이 자신의 머리 바로 위까지 날아왔는 데도 손은 미동도 하지 않았다. 오죽했으면 보고 있던 사람들의 입에서 경악성이 먼저 터져 나왔겠는가. 그러나…

챙강~!

"크윽! 말, 말도 안 돼. 으으……."

이번에도 마찬가지의 결과가 벌어졌다. 분명 볼프강의

검이 먼저 숀의 머리끝에 닿은 것 같았는데 그 순간 검과 검이 부딪치는 소리와 함께 그의 검은 반토막이 나서 아예 허공 저 멀리 사라져 버렸으며 또다시 숀의 검이 그의 목젖 앞에 가 있었다.

그러자 이번에는 카츠엘 자작까지 자리에서 벌떡 일어났다. 그는 방금 전 볼프강에게 기회가 주어졌을 때부터 일부러 모든 신경과 시선을 숀의 검에만 두고 있었다. 그런 데도 그가 언제 검을 뽑은 것인지, 또 어떻게 볼프강의 검을 부러뜨린 것인지 전혀 볼 수 없었던 것이다.

"맙소사! 이건 꿈이야… 꿈이 아니고서는 이런 일이 가능할 리가 없어!"

카츠엘은 다시 자리에 털썩 주저앉으며 그렇게 중얼거렸다. 그가 검술을 익힌 지도 어언 오십칠 년이나 되었다. 그의 나이 올해로 예순세 살이니 여섯 살 때부터 배운 것이다. 그동안 수많은 시합은 물론 크고 작은 실전 경험도 무수했다. 때로는 제국까지 가서 검술 대결을 관전한 적도 있었다. 진정한 강자들의 시합을 보게 되면 그만큼 발전할 수 있다고 믿은 탓이다.

하지만 그렇게 견문이 넓고 경험이 많은 그도 이런 경우는 본 적도 들은 적도 없었다. 그의 상식으로는 소드 마스터라 할지라도 이렇게 빠를 수는 없었다.

"다시 해보겠습니까?"

"크흑! 아닙니다. 당신의 검과 내 검이 부딪치는 순간 저는 도저히 그 힘을 감당할 수가 없었습니다. 저의 완벽한 패배입니다."

그가 패배를 시인하고 한 걸음 뒤로 물러나자 진행자가 숀의 손을 치켜들기 위해 다가갔다. 그런데 바로 그때 카츠엘 자작이 갑자기 소리쳤다.

"잠깐! 이것 보시오, 연합군 총사령관!"

"말씀하시지요."

"어차피 시합은 우리가 졌소. 하지만 나와 다시 한 번만 더 겨루어줄 수는 없겠소? 이건 강요가 아니라 부탁이오."

자존심이 하늘을 찌른다는 말이 있을 정도로 스스로에 대한 자부심이 대단한 카츠엘이 숀에게 먼저 도전했다. 그것도 고개를 살짝 숙이며 부탁이라는 말과 함께 말이다.

그 모습을 보고 숀이 아주 미미하게 웃으며 가만히 고개를 끄덕였다.

"그렇게 하지요."

"고맙소. 그런데 그 전에 한 가지 궁금한 게 있소만……."

"뭐든 물어보십시오. 성실히 답변해 드리겠습니다."

카츠엘 자작의 말에 숀이 조금도 망설이지 않고 이렇게

대꾸했다.

"당신이 가지고 있는 그 검… 내가 살펴봐도 되겠소?"

가만 보니 카츠엘은 숀이 사용하고 있는 검이 보검이라고 생각했던 모양이다. 물론 보검을 가지고 있다고 해서 방금 전과 같은 기적을 보여줄 수는 없지만 최소한 볼프강의 검이 반토막 난 원인은 설명할 수 있었다.

"어렵지 않은 일이지요. 자, 마음껏 살펴보십시오. 참고로 그 검은 렌탈 영지에 있는 대장간에서 몇 달 전 주문 제작한 제품입니다."

이 말은 그만큼 흔한 철검이라는 뜻이다.

"으음… 그, 그런 것 같구려… 우리 병사들이 쓰고 있는 검과 별다를 게 없는 것 같소. 번거롭게 해서 미안하오. 여기 있소."

"별말씀을요."

차라리 보지 않는 게 나을 뻔했다. 볼프강의 검은 절대 흔치 않는 드워프제 명검이다. 카츠엘 자신이 직접 하사했던 검이니 그 성능은 누구보다 잘 알고 있다. 이는 다시 말해 상대가 소드 마스터처럼 오러 블레이드를 쓸 수 있거나 아니면 그에 필적하는 보검일 때만 부러뜨릴 수 있다는 말이다.

그런데 평범한 검이 오러 블레이드 한 점 내뿜지 않고 볼프강의 검을 부러뜨렸다니… 자신이 직접 보지 않았다면 절대 믿을 수 없는 일이었다.

"얼마 전 렌탈 영지에 소드 마스터가 출현했다는 소문을 들었었소. 당시에는 하도 어이가 없어서 콧방귀도 뀌지 않았다오. 그런데 지금 보니 그건 거짓이 아니었소. 당신이 바로 그 소드 마스터 아니오?"

"하하! 아마 그럴 것입니다. 제가 소문의 주인공이니까요. 하지만 나를 그런 잣대로 보는 것은 그리 달갑지 않습니다. 소드 마스터라고 해도 감히 내게 이길 수는 없을 테니까요."

그리 크지 않은 목소리다.

그런 데도 이곳에 모여 있던 모두의 귓가에는 손의 이 말이 바로 옆에서 하는 것처럼 선명하게 들리고 있었다. 때문에 이 들판에 모여 있던 모든 사람은 순간 소름이 돋는 느낌을 받고 말았다. 소드 마스터조차 우습게 여기는 사람… 어찌 보면 너무 허풍이 심하다고 할 수도 있었지만 그들은 어찌 된 일인지 전혀 그런 생각이 들지 않았다. 카츠엘 영지군까지 말이다.

"그럼 염치없지만 한 가지 부탁을 더 하겠소. 나와 겨룰 때 오러 블레이드를 보여주시오. 눈앞에서 그 위용을 보고 싶소이다."

"그리 어려운 부탁은 아니군요. 자……."

비비빙~~!!

"우와아아아~! 전설의 오러 블레이드가 나타났다!"

"와아아아~! 주군 만세!"

숀이 검을 들고 있던 오른손을 위로 쭉 뻗자 지극히 평범해 보였던 그의 검에서 무시무시해 보이는 파란색 오러 블레이드가 무려 1미터 이상이나 위로 솟구쳐 올랐다. 이건 그야말로 엄청난 장관이었으며 보는 것만으로도 가슴이 벅차오르는 절대적인 감동이었다.

털썩!

"당신은 이 시대 최고의 진정한 강자입니다. 감히 그런 분을 시험하려고 했던 어리석은 저를 용서하여 주십시오."

이 일대에서 가장 존경받는 거인이 서서히 무릎을 꿇었다. 진정한 사내만이 보여줄 수 있는 태도다.

"일어나십시오, 자작님. 앞으로 우리는 할 일이 많습니다. 그 일에는 자작님처럼 풍부한 경험과 노련한 통솔력을 가진 사람이 필요합니다."

"그게 무슨 말씀이신지……."

노(老)기사가 무릎을 꿇는 것을 보자 숀은 한 가지를 결심했다. 이런 사람이라면 욜라의 보고나 소피아의 말이 아니더라도 무조건 끌어들여야 한다고 생각했던 것이다.

"나를 도와주십시오."

"갑자기 무엇을 도와달라는 말입니까?

카츠엘이 이해할 수 없다는 표정을 지으며 이렇게 되묻자 숀은 그의 손을 잡고 그를 일으켜 세우면서 작은 목소리로 속삭이듯 말했다.

"나는 루카스 왕자님의 아들입니다. 물론 아버님께서는 살아계십니다."

"네에? 그, 그럴 수가……."

그 한마디에 카츠엘은 방금 전 숀이 오러 블레이드를 보여줄 때보다 훨씬 더 큰 충격에 휩싸이고 말았다.

3

카츠엘은 숀의 이야기를 듣자마자 모든 시합을 중지시키려 했다. 지금 그까짓 시합이 문제가 아니라는 생각이 든 것이다. 그러나 숀이 그것을 말리고 나섰다.

"아직 모두에게 알릴 수 있는 사안은 아닙니다. 그러니 일단 나머지 일정도 그대로 진행하십시오. 그다음 성안에서 은밀하게 이야기 나누도록 합시다."

"하지만 지금 저자도 들었을 텐데… 제가 그냥 제거를 해버릴까요?"

카츠엘이 말하는 자는 바로 진행을 맡고 있던 에단이었다. 그는 다른 영지 사람인지라 죽여서 입을 막는 게 확실하다고 여기는 것 같았다. 이 한마디로 숀은 카츠엘 자작이 얼마만큼 자신의 아버지를 중요하게 생각하고 있는지 알 수 있었다. 자칫하면 에단이 속해 있는 영지와 원수지간이 될 수도 있는 일도 서슴지 않고 저지르려고 하는 것을 보면 그런 점을 유추해 볼 수 있었다.

"그건 신경 쓸 필요 없습니다. 어차피 영주님과 나와의 대화는 아무도 들을 수가 없습니다. 내가 멀린 마법사에게 부탁해 우리 두 사람 인근에 소리 차단 마법을 부탁해 놓았거든요."

물론 이건 거짓말이다. 멀린도 6서클 마법사가 되었으니 소리를 차단할 수는 있다. 그러나 지금처럼 한쪽만 완벽하게 차단하는 것은 불가능했다. 이런 일이 가능한 경우는 숀이 주변에 강기의 막을 쳤을 때나 가능했다.

"오! 그런 마법도 있습니까? 그거 정말 다행입니다. 사실 저도 에단, 저 친구를 죽이고 싶지는 않았거든요."

"여기서 더 길게 이야기를 나누면 남들이 이상하게 여길 것입니다. 일단 분위기를 수습하고 나중에 대화합시다."

"네! 왕자님!"

남들이 볼 때 두 사람은 조금 전 숀이 보여주었던 오러 블레이드에 관한 어떤 설명을 듣는 것처럼 보였을 것이다. 단지 소리가 작아서 대화 내용이 들리지 않는다고 여길 뿐이다. 그렇다고 이런 식으로 계속 이야기를 나눌 수는 없었기에 손은 그렇게 결론짓고 숙였던 몸을 자연스럽게 폈다.

"아직 그런 호칭은 위험합니다. 그냥 총사령관이라고 칭하세요. 그럼 이따 보기로 합시다."

"네."

여기까지 소통을 하고 나자 카츠엘이 엄숙한 표정을 지으며 큰 목소리로 외쳤다.

"정식으로 선포하겠다. 이번 기사들 간의 시합은 연합군의 승리다!"

"와아아아아~!"

카츠엘의 말이 끝나자 우레와 같은 함성이 울려 퍼졌다. 그러자 그는 잠시 함성이 잦아들기를 기다렸다가 다시 입을 열었다.

"이제 지금부터 마법사들의 시합을 시작하겠다. 진행은 마찬가지로 에단 훈련대장이 할 것이니 다들 잘 따라주도록!"

"알겠습니다!"

모두가 큰 목소리로 대답하자 다시 에단이 앞으로 나서더니 이번에는 마법사들을 불러냈다.

"각 진영의 마법사님들은 모두 시합장으로 나와주시기 바랍니다!"

"이번에는 내가 나가서 해결할 테니 자네들은 그냥 자리에 있게."

"알겠습니다, 병단장님!"

그러자 숀의 진영에서는 멀린 한 사람만이 앞으로 나갔고 반대로 카츠엘 자작 쪽에서는 영지 마법사 맥켄리를 제외한 나머지 마법사 네 사람만 등장했다. 멀린이 스캔 해보니 4서클 마법사 한 명에 3서클 마법사가 두 명, 그리고 2서클이 한 명이다.

"당신들 영지 마법사는 왜 안 오는 것이오?"

"여기 있다네. 내 잠시 급한 일이 있어서 안에 들어갔다 오는 중이야."

그게 이상했는지 멀린이 그들에게 이런 질문을 던졌다. 그러자 그의 뒤쪽에서 이런 말과 함께 맥켄리가 등장했다. 여전히 거들먹거리는 태도다. 사실 멀린이 다른 마법사들을 두고 혼자 나가려 했던 이유는 자신의 마법 서클을 밝히고 굳이 시합을 할 필요가 없다는 것을 말하기 위함에서였다. 그러나 어제보다 더 시건방져진 맥켄리를 다시 보자 그런 마음이 싹 사라졌다. 아무리 마법사가 귀한 시대라지만 자신의 영주가 검술 시합을 하고 있는데 자리를 비우다니… 그것도 결코 보기 좋은 모습은 아니었다.

"꽤나 여유가 있으시군요. 대체 얼마나 실력이 있어서 그렇게 여유를 부리는 것인지 당장 확인해 보고 싶군요. 물론 겁이 나면 그냥 항복해도 괜찮습니다만…….."

"뭐가 어쩌고 어째? 이런 건방진 작자 같으니라고! 어제부터 마음에 들지 않았는데 잘됐군. 그럼 네 녀석 말대로어서 겨루어보자. 마법사들의 시합은 자기 진영에서 가장 서클이 높은 사람들만 싸워보면 되는 것이니 우리 둘의 대결로 승부를 결정짓도록 하자. 대신 지는 사람이 무조건 이긴 사람의 조건 하나를 들어주는 것은 어떻겠는가?"

원래 기본 머리가 좋은 멀린이 매일 사악한 손과 다녀서 그런지 요즘은 잔머리도 보통이 아니었다. 그는 겨우 말 몇 마디로 마법 시합을 단둘만의 대결로 압축시킬 수 있었다. 원래부터 바라던 바다. 이처럼 급박한 상황 속에서 쓸데없이 시간을 끌 필요가 없다고 생각했던 그였다. 그러니 지금 얼마나 속으로 기분이 좋았겠는가.

'주군께서 싸우기 전 어째서 그렇게 상대방을 약 올리는 것인지 이제야 알 것 같구나. 이거 재미가 진짜 쏠쏠한데? 그만큼 실력 차이가 있어서 더 그런 것이기는 하지만 말이야. 게다가 조건이라… 잘 하면 나도 제법 쓸 만한 쫄다구 하나 생기겠군. 약간 늙은 것이 흠이기는 해도 말이야… 흐

흐…….'

이런 생각까지 하며 멀린은 일부러 대답을 늦게 했다. 상대방을 더 약 올리기 위해서다.

"왜? 막상 이런 제안을 들으니 겁나는가보지? 겁이 나면 다 끌고 나오든가……."

"진짜 지는 사람이 이기는 사람의 조건 하나를 무조건 들어주어야 한다는 거… 믿어도 되는 이야기입니까? 노인 양반을 그렇게 부려먹어도 되는지 걱정이 되어서요."

"뭐라고! 이 사람이 진짜 보자 보자 하니까 뵈는 게 없는 모양이로군. 내가 지면 한 가지가 아니라 열 가지라도 들어줄 테니 어서 응하기나 하란 말이다!"

그리고 마침내 맥켄리의 뚜껑이 제대로 열렸다. 이건 그가 심마에 들었다는 증거이기도 했다. 심마를 다스리려면 그보다 수준이 높은 마법사가 손을 써줘야 한다. 멀린이 그를 고쳐 줄 수도 있다는 말이다.

아직 그런 사실을 알릴 필요는 없지만 말이다.

"좋습니다. 그럼 우리 둘이 결판을 냅시다. 다들 조건을 들은 이상 발뺌할 수도 없을 테니……."

"으드득… 단번에 네 녀석의 건방진 콧대부터 주저앉혀 주지. 홀드~!"

화가 머리 꼭대기까지 오른 맥켄리가 다짜고짜 멀린에게

홀드라는 마법을 걸었다. 이 마법은 상대의 마나와 신체를 일시적으로 제어하여 움직임을 묶어놓는 무서운 마법이다. 단지 자신과 비슷하거나 자신보다 마나가 낮은 상대에게만 통하는 단점이 있다.

아직 멀린을 자신보다 형편없는 마법사로 알고 있는 맥켄리는 여유 있게 두 번째 마법을 시전 했다.

"건방진 놈에겐 매가 약이다! 더블 매직 피스트!"

슈아아악~!

그건 바로 2서클의 매직 피스트를 한 단계 업그레이드 시킨 마법으로서 거대한 두 개의 마법 주먹이 튀어나와 상대방을 쉴 새 없이 가격하는 무서운 공격이었다. 단 이 마법에 적중되면 죽지는 않는다. 반병신이 될 가능성은 높았지만 말이다. 이를 보면 심마에 빠져 있어도 맥켄리의 원래 심성은 그리 악독한 것은 아닌 것 같았다.

어쨌든 멀린이 아주 잠깐 그런 생각을 하는 사이 거대한 두 개의 마법 주먹이 미친 듯이 그에게 연타를 퍼붓기 시작했다.

퍼퍼퍼펑! 펑펑!

"저런……."

"으으, …진짜 아프겠다."

비록 거대한 주먹에 가려져 멀린의 모습은 잘 보이지 않았지만 그가 지금 실컷 얻어터지고 있는 것은 확실해 보였다. 그랬기에 구경을 하고 있던 병사들은 자신도 모르게 인상을 찌푸리며 그렇게 떠들었다.

그런데 바로 그때 놀라운 일이 벌어졌다.

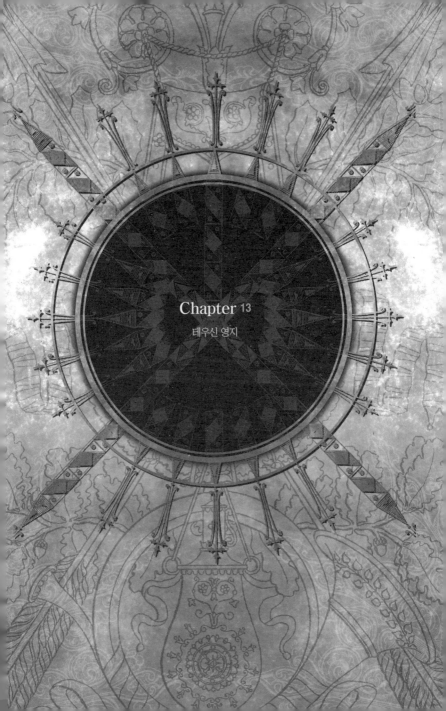

Chapter 13

테우신 영지

건들면 죽는다

1

"뭐가 어쩌고 어째? 그놈이 감히 은혜도 모르고 나를 치러 온다는 말이냐? 게다가 별써 카츠엘 영지까지 왔다고? 그걸 지금 보고라고 하는 겐가!"

쾅!

"죄, 죄송합니다, 각하!"

정보를 담당하고 있는 에드가 남작의 보고를 듣던 테우신 백작이 잔뜩 화가 나서 주먹으로 책상을 내려쳤다. 그렇지 않아도 최근 이런저런 사건과 소문 때문에 신경이 날카로운 상태인지라 더 부아가 치민 탓이다.

"대체 네놈들은 뭐하는 자들이야? 눈뜬장님이야? 어떻게 그렇게 중요한 일을 이때까지 모를 수가 있는 거지?"

"지난번 보고드린 대로 통신용 비둘기의 훈련이 아직 끝나지 않아서입니다. 그리고 크롤 백작 측에서 우리에게 정보가 흘러 들어가지 않도록 하기 위해 모종의 연막 전술을 쓰고 있는 것 같습니다."

테우신은 쉽게 이 자리에 오른 사람이 아니다. 그는 애초부터 백작의 피를 타고난 것이 아니라 온갖 잔머리와 아부, 그리고 권모술수를 통해 여기까지 올라온 사람이라고 할 수 있었다. 그래서인지 그는 생각보다 빠르게 격한 감정을 추슬렀다. 화를 낸다고 해서 해결될 수 있는 일이 없다는 것을 누구보다 잘 알기 때문이다. 그랬기에 그는 아까와는 달리 차분한 목소리로 원인 파악에 나섰다. 실로 변화무쌍한 사람이다.

"흐음… 비둘기보다는 여우 같은 크롤, 그 녀석의 수작일 가능성이 더 크겠군. 여기저기 돈을 뿌리면 그 정도는 가능했겠지. 일단 벌어진 일을 주어 담을 수는 없으니 이제부터 신경 바짝 써서 정보 수집에 차질이 없도록 해야 할 거야. 만일 또 이런 일이 벌어지면 자네 목이 무사할 수 없을 테니까 말이야. 알겠나?"

숀의 부대가 움직이고 있었던 사실이 이제야 전달된 것

은 다 이유가 있었다. 이 일의 배후에 욜라와 소피아가 있었던 것이다.

우선 욜라는 얼마 전 이왕자 크리스티안과의 서신을 주고받을 때 거기에 개입을 하면서 추가로 또 하나의 엉뚱한 짓을 저질렀다. 그건 바로 우연한 사고를 가장해 테우신 영지 안에 있는 정보기관에서 키우고 있는 비둘기를 모두 풀어준 일이다. 그 녀석들은 테우신 영지의 정보원들과 교신을 하는 데 이용하는 통신용 비둘기였다. 그런 상황이니 정보를 수집할 때 얼마나 불편해졌겠는가. 부랴부랴 다른 비둘기를 구입해 훈련에 돌입했지만 그 시간도 만만치는 않았다.

그리고 두 번째는 바로 소피아 상단의 노력이다. 이미 정보전에 재미가 들린 숀은 소피아와 함께 진군을 시작하기 전부터 테우신 영지의 눈과 귀를 어둡게 만드는 작전을 수립했었다. 그래야지만 자신들의 움직임을 늦게 파악할 것이기 때문이다. 그 일로 인해 렌탈 영지부터 테우신 영지까지 가는 길목에 있는 소피아 상단 사람들이 모두 동원이 된 상태다. 그들은 상인 특유의 입담을 이용해 테우신의 정보망을 철저하게 우롱했다. 이러한 사실을 전혀 모르고 있는 에드가 남작은 그만 하지 말아야 할 장담을 하고 말았다.

"알, 알겠습니다! 앞으로 크롤 백작 부대의 움직임을 매일 철저하게 체크해서 바로 보고드리겠습니다!"

"기대해 보지. 가봐. 아참, 나가면서 해럴드 사령관을 오라고 하게."

"네! 각하!"

그렇게 에드가 남작이 나가자 테우신은 벽장으로 다가가 오래 묵은 술을 한 병 꺼내더니 잔에 가득 부었다.

벌컥벌컥…

"캬아~! 건방진 놈… 네놈이 아무리 설쳐 봤자 우물 안 개구리다. 영지는 빼앗더라도 목숨은 살려주려고 했었는데 네놈이 스스로 무덤을 파는구나. 네놈 아비도 죽였는데 네까짓 녀석 하나 더 못 죽이겠어? 네놈을 깨끗이 정리한 다음 영지를 흡수해 주마. 그래야 내 오랜 소망이 풀리는 것이니까. 크흐흐흐……."

테우신은 정말 무서운 자였다. 떠도는 소문대로 그는 형의 영지를 빼앗으려다가 쫓겨났었고 거기에 앙심을 품어 결국 친형을 죽이는 패륜까지 저지른 것 같았다. 그것도 모자라 이제는 조카까지 죽이려는 것이니 얼마나 무서운 인간인가.

똑똑!

"해럴드입니다!"

"들어오게."

딸칵!

"충성! 부르셨습니까? 각하!"

테우신이 혼자 술을 마시며 씩씩거리고 있을 때 영지의 총사령관을 맡고 있는 해럴드가 왔다.

"일단 한 잔 받게."

"감사합니다!"

해럴드는 건장한 체구에 날카로운 눈매를 소유한 사십 대 초반의 사내였다. 한눈에 보기에도 만만치 않은 인물 같았다. 그는 테우신이 내미는 술잔을 받더니 단숨에 그것을 들이켰다.

"지금 크롤이 나를 치겠다고 오고 있다더군. 자네도 들은 이야기가 있나?"

"네! 방금 전에 에드가 남작에게 들었습니다."

"거기에 대해 어떻게 생각하나?"

테우신은 해럴드를 상당히 신임하고 있었다. 검술 실력이 상당해서 그런 것도 있지만 날카로운 외모만큼 지략도 뛰어났기 때문이다. 오늘날 테우신이 여기까지 올라올 수 있었던 것도 알고 보면 그가 있었기에 가능했다고 말할 정도였다.

"총 인원 1,800명에 기사단은 단 하나도 없고 평균 실력이 3서클 정도 되는 마법병단만 하나 있다고 하더군요. 병단장은 4서클 마스터지만요. 어쨌든 여기까지만 보면 별것 아닌 것 같지만 그 안에는 무서운 함정이 하나 있었습니다."

"함정이라고? 그게 뭔가?"

병력은 테우신 영지군의 절반인 데다가 기사단이 하나도 없다는 것은 마나를 활용할 수 있는 강자가 부족하다는 것을 뜻했다. 거기에 평균 3서클의 마법병단이 있다는 것도 그리 대단할 것이 없었다. 몇 달 전 칼베르토 마법사를 잃기는 했지만 테우신 영지 안에는 4서클 마스터급 마법사가 네 명이나 있었다. 마법병단으로 따져도 두 개나 존재했다. 그런 이상 저 정도 군대는 얼마든지 상대할 수 있을 것 같았다. 그런 데도 해럴드가 함정 운운하고 있으니 테우신 백작의 관심이 바짝 쏠릴 수밖에.

"놀랍게도 1,800명 전원이 기마대라고 합니다. 그건 절대 만만히 볼 상대가 아니라는 뜻이기도 하지요."

"흐음… 나도 그건 들었네만 우리 영지군도 절반 가까이 기마병으로 구성되어 있지 않은가? 거기에 그 배가 되는 병사들은 물론 기사단만 해도 네 개나 있잖아. 그런 데도 걱정이 되나?"

기마대가 1,800명이면 적은 수는 아니다. 그러나 테우신 영지 안에 있는 기마병도 그 정도는 되는 데다가 그 외의 전력도 장난 아니다. 그러니 이처럼 불만스럽다는 듯 묻는 것도 당연했다.

"하하! 각하! 어떤 식으로 싸우든 이기는 것은 기정사실입니다. 제가 걱정하고 있는 것은 우리 영지군의 피해를 어떻게 하면 최대한 줄일 수 있느냐 하는 점입니다. 만일 그들이 모두 보병이었다면 우리 병사 100명만 희생하면 이길 수 있지만 기마병으로 1,800이면 그 몇 배 이상 희생을 감수해야 할지도 모릅니다. 그래서 함정이 있다고 한 것이고요."

"허허허! 고작 그런 뜻이었어? 난 또 그런 것도 모르고 자네에게 실망할 뻔했네그려. 이것 보게, 해럴드."

해럴드의 설명이 끝나자 테우신 백작이 크게 웃었다. 엎어 치나 메치나 결국 이긴다는 말이었기 때문이다.

"네, 각하!"

"원래 전쟁을 하게 되면 희생이 발생하는 것은 당연한 일이야. 버르장머리 없는 조카 녀석을 혼내주는 데 몇 백 명쯤 죽는 것이 무슨 대수이겠는가? 자네는 그저 놈들이 오면 그들이 눈물을 흘리며 후회할 수 있도록 철저히 밟아주기만 하면 되네. 내 말뜻 알겠는가?"

"그건 조금도 걱정하지 마십시오. 놈들이 우리 영지 경계선 안으로 들어설 때쯤이면 그들을 환영해 줄 완벽한 함정이 완성될 테니까요. 아까 말씀드렸다시피 저는 어떻게 하면 아군의 피해를 최소화하면서 적들을 무너뜨릴까를 고민하는 사람입니다. 깜빡 잊고 있었는데 기마대는 특성상 한번 무너지면 연쇄적으로 무너진다는 사실이 방금 떠올랐습니다. 그리고 또 한 가지…….”

“또 뭐가 있는가?”

방금 말을 한 것만으로도 테우신은 아까보다 기분이 훨씬 좋아졌건만 해럴드는 뭔가 또 다른 비책이라도 있는 듯 슬쩍 말을 흐렸다.

“죄송합니다만 귀를 좀 가까이 해주십시오.”

“이렇게?”

테우신이 상체를 해럴드 쪽으로 기울이자 그가 테우신의 귀에 대고 뭔가를 한참 속삭였다. 그러자 백작의 표정이 점점 이상해지더니 이윽고 그것은 곧 엄청난 광소로 번져 나갔다.

“크하하하! 역시 자네는 내 오른팔이야. 그런 기가 막힌 일까지 만들어놓다니… 이거 어서 빨리 크롤 놈이 왔으면 좋겠군 그래. 아예 껍질까지 홀랑 벗겨놓고 혼을 내주게 말이야. 아무튼 자네는 대단해. 암!”

“감사합니다, 각하!”

도대체 무슨 말이 오고 갔는지는 알 수 없었다. 그러나 테우신의 태도를 보면 뭔가 엄청난 계획이 준비되어 있는 것은 확실했다.

그러나 그들은 아직 모르고 있는 사실이 너무 많았다. 테우신 영지 최고 마법사인 칼베르토가 배신을 해서 현재는 크롤 백작과 함께 있다는 점과 그 위에는 무려 6서클 마법사가 있다는 점, 그리고 그들 모두를 합쳐도 발끝 하나 건들 수 없는 진짜 무서운 존재가 함께 오고 있다는 것을 말이다.

2

맥켄리는 두 개의 마법을 성공시킨 상태라 완전히 여유만만이었다. 비록 마법 주먹이기는 해도 손끝에 전해지는 타격감은 생각보다 강렬했다. 그건 건방진 멀린이라는 자가 지금 초주검이 될 정도로 맞고 있다는 것을 뜻했다.

하지만 갑자기 그 안에서 너무 태연하다 못해 나른함이 느껴질 만큼 느린 말소리가 들려오는 것 아닌가.

"안마나 될까 싶어서 참고 있었더니 이거 정말 형편없네. 하긴 다 죽어가는 노인네에게 뭘 더 바라겠누. 쩝!"

"와아아~! 그러면 그렇지. 우리 멀린 마법사님이 당하신다는 게 말이 돼? 괜히 가슴 졸였네."

"그러게 말이야. 이제 저 마법사는 곡소리 나게 생겼구면."

·손의 진영에서 이런 말까지 터져 나오자 맥켄리는 얼른 마법을 중지했다. 그러자 거대한 주먹이 순식간에 사라지고 그 속에 있던 멀린이 나타났다.

"이, 이건 말도 안 돼! 너는 대체 무슨 짓을 한 것이냐?"

"무려 5서클까지 올라선 마법사가 상대의 실력조차 제대로 가늠하지 못한 것만 해도 혼이 나야 할 상황이거늘 눈앞에서 보면서도 무슨 일이 일어난 줄도 모른다? 아주 갈 데까지 갔군 그래."

이 대륙에서 가장 이해하기 힘든 인간은 누가 뭐래도 손이다. 능력은 물론 나이에 맞지 않는 지혜나 능글거림도 그렇지만 거기에 비해 애정사(愛情史)는 어린애만도 못한 인간이 바로 그 아니던가. 그 누구도 그의 괴상망측함을 따라갈 수는 없었다. 하지만 그래도 약간이라도 비슷한 인간을 찾으라고 한다면 그건 분명 멀린일 것이다. 지금도 그는 자신도 모르게 손의 엉뚱함은 물론 적들로 하여금 울화통이 치밀게 하는 말주변까지 엇비슷하게 흉내 내고 있었다.

"뭣이라고! 이노옴~! 절대 용서할 수 없다! 우주 최강의 힘이여! 이곳에 현신하라! 썬더 브레이크~!!"

콰지지직~!!

"큰일이다!"

결국 멀린의 그 한마디가 그렇지 않아도 감정 제어가 잘 되지 않는 맥켄리의 분노를 꼭대기까지 솟구치게 만들었다. 그랬기에 그는 이성을 잃어버리고 상대방을 단숨에 죽여 버릴 수 있는 5서클 최강의 공격 마법을 시전 하고 말았다. 그 모습을 보고 역시 5서클 마법사인 칼베르토가 자신도 모르게 큰 소리를 질렀다. 구경꾼들 가운데 그만이 유일하게 썬더 브레이크의 무서운 위력을 알고 있었기 때문이다.

"매직 실드~!"

콰콰콰앙!

"크헉!"

그러나 멀린은 별것 아니라는 듯 간단한 주문 하나로 그 무서운 공격 마법을 막아냈다. 매직 실드는 자신보다 서클이 높은 마법만 아니라면 모두 막아낼 수 있는 방어용 마법이다. 일반 실드와는 그런 차이가 있었다. 그러자 무서운 폭발과 함께 맥켄리가 비명과 함께 뒤로 튕겨나갔다. 그 여파에 휘말린 탓이다.

그대로 두면 땅바닥으로 떨어지면서 크게 다칠 수도 있었다. 그런데…

"슬로우~!"

스르르…

위기의 순간에 멀린이 맥켄리의 몸에 슬로우 마법을 걸어주었다. 그러자 날아가던 그의 속도가 현저하게 줄어들었다.

"플라이~!"

둥둥… 둥…

그러자 이번에는 플라이 마법을 시전 해 자신의 몸을 띄워 올리더니 맥켄리에게 다가가 그의 몸을 잡았다. 그러고는 천천히 땅에 내려섰다.

"와아아아~! 멀린 마법사님 최고다!"

"저게 바로 진정한 마법사의 모습이다! 모두 박수~!"

짝짝짝짝!

이날 멀린은 손에 못지않은 열렬한 박수와 환호를 받았다. 자신을 죽이려고 했던 사람까지 구해주는 그 모습에 다들 감동을 받았기 때문이다. 그리고 그렇게 모든 시합은 막을 내렸다.

[자네, 오늘 솜씨 좋던데? 애초부터 준비했던 각본이지?]

[헤헤… 모두 주인님께 배운 솜씨입니다. 맥켄리 마법사를 처음 만났을 때부터 저는 그가 심마에 시달리고 있다는 것을 알았거든요. 그러니 그를 흥분시켜 오늘과 같은 상황을 만들어내는 것은 그야말로 식은 스프 먹기였죠.]

시합이 끝나고 성안으로 가는 길에 숀은 혜광심어를 사용해 멀린에게 이렇게 물었고 멀린은 매직 보이스로 이렇게 대답했다. 여러모로 죽이 척척 맞는 주종이다.

[후후… 아주 칭찬해 줄만 했어. 어쨌든 목숨을 살려준 데다가 이겼으니 앞으로 맥켄리 인생은 자네 것이겠군. 물론 종의 것이 모두 주인 것이라는 것은 알겠지?]

[에휴, 그야 물론이죠. 이로써 저희 마법병단은 어디에 내놓아도 뒤쳐지지 않는 최강 군단으로 거듭날 것 같습니다. 그러니 이번 전쟁에서도 저희가 공을 세울 수 있는 기회를 주시면 감사하겠습니다. 아무래도 함께 실전을 치르는 것이 단합에는 최고일 테니까요.]

병단장이 왕국 최고인 6서클 마법사이고 왕국 마법사에 필적할 만한 마법사 두 명이 포함되어 있다. 거기에 4서클과 3서클 마법사도 수두룩했으니 멀린이 자부심을 가질 만도 했다. 물론 그래 봤자 이 모든 것을 공짜로 꿀꺽 삼키고 있는 숀에 비할 바는 아니었지만.

[그건 고려해 보지. 자, 이제 카츠엘 자작도 우리 사람이 되었으니 부대 편성을 약간 바꾸는 게 좋겠지?]

[아, 그럼 역시 아까 두 분이 속삭였던 것은 혹시…….]

[맞아. 그에게 내 정체를 밝혔어. 그게 나을 것 같았거든. 그리고 다행히 내 생각대로 수긍하더군.]

손이 멀린과 대화를 길게 하는 이유는 두 가지다. 하나는 그의 지혜가 갈수록 깊어지고 있어서였고 또 하나는 그만이 유일하게 손과 은밀히 대화할 수 있다는 점이다. 기묘한 인연으로 만나 이후 가장 많은 시간을 함께한 사람이라는 것은 제쳐 놓고라도 말이다.

[마법사는 맥켄리 한 명이면 될 것 같으니 쓸 만한 기사나 몇 명 받아들이는 게 좋을 것 같습니다.]

[왜 그렇게 생각하나? 기왕이면 더 많은 병력을 지원 받는 게 낫지 않을까?]

멀린의 의견에 손이 이렇게 되물었다. 어차피 기사급 능력자들은 충분하니 세를 불리는 게 낫다고 생각했기 때문이다.

[기사 한 명이 일반 병사 대여섯 명보다 낫지 않습니까? 게다가 어느 정도 실력이 있는 기사라면 그 이상일 테고요. 그리고 기사 몇 명 정도는 우리 군에 편입시켜도 거의 티가 나지 않게 할 수 있지 않습니까? 그래야 첫째 왕자나 둘째 왕자에게도 카츠엘 자작이 주인님과 손잡았다는 사실을 모르게 할 수 있을 테고요.]

[하하! 그건 자네 말이 맞네. 내가 미처 거기까지 생각을 하지 못했군. 하긴 이곳의 병사가 우리 부대 안에 있는 것을 바스티안 왕자가 알게 되면 당장 카츠엘 자작부터 시달

림을 받겠지. 자네, 오늘 여러모로 마음에 드는데? 앞으로
내 참모로 삼아도 될 것 같아.]

[그래주시면 저야 영광이지요. 허허⋯⋯.]

두 사람의 대화가 끝나고 나서 숀은 멀린의 조언대로 카
츠엘 영지에서 일급 기사 다섯 명만 지원을 받았다. 그리고
그들에게도 연합군 복장을 입혔다. 그리고 이곳에서 하루
더 머물며 멀린은 맥켄리 마법사의 심마를 깨끗이 치료해
주었다. 그로 인해 그는 감격했으며 나이가 자신보다 한참
어리지만 마법 실력이 월등한 멀린의 수하를 자청했다. 그
리고 마침내 다시 부대를 재정비한 연합군은 또다시 진군
을 시작했다.

이후에도 두 개의 영지를 더 거쳤지만 그곳의 주인들은
모두 카츠엘 자작과 막역한 사이인지라 별문제 없이 무사
히 지나갈 수 있었다. 그리고 마침내 테우신 영지가 있는
곳까지 이동할 수 있었다.

"주군! 테우신 영지가 다가옵니다."

"정찰병들은 돌아왔는가?"

"지금 오고 있는 것 같습니다. 곧 주군께 데리고 오겠습
니다!"

삼십 분 정도만 더 가면 테우신 영지 관할권이다. 그곳에
서 숀은 진군을 멈추고 정찰병과 몇 가지 질문을 주고받더

니 이윽고 다시 명령을 내렸다.

"지금부터 모두 테우신 성이 보이는 곳까지 전속력으로 이동한다!"

"전군, 이동하라!"

두두두두~!

무려 이천여 기나 되는 말이 모두 힘차게 땅을 박차고 달리기 시작했다. 그건 엄청난 장관이 틀림없었지만 멀리서 그 모습을 보고 음흉한 미소를 짓고 있는 사람의 생각은 달랐다.

"클클… 역시 사령관님 말씀대로군. 멍청한 정찰병들을 속이는 것은 식은 스프 먹기보다 쉽다니까. 어서 오너라! 이 불쌍한 놈들아. 이제 곧 무서운 지옥을 맛보게 될 테니까. 흐흐… 흐흐흐흐……."

그는 그러한 장관을 보면서 피의 축제를 떠올리고 있었다. 그러나 손의 연합군은 그런 것을 아는지 모르는지 달리고 또 달렸다.

『건들면 죽는다』 9권에 계속…

데일리 히어로

FUSION FANTASTIC STORY

인기영 장편 소설

지금까지 이런 영웅은 없었다!

『데일리 히어로』

꿈과 이상을 가진 평. 범. 한. 고딩 유지웅.
하지만……
현실은 '빵 셔틀' 일 뿐.

그러던 어느 날, 유지웅의 앞에 나타난 고양이.
그(?)로 인해 모든 것이 바뀌었다.

선행! 선행! 그리고 또 선행!

데일리 히어로 유지웅의 선행 쌓기 프로젝트!

Book Publishing CHUNGEORAM

유행이 아닌 자유추구
WWW.chungeoram.com

절정고수들이 하늘 높은 줄 모르고 질주하는 현 세상.
서른여덟 개의 세력이 서로를 견제하는 혼돈의 시대.

그 일촉즉발의 무림 속에
첫 발을 디딘 어린 소년.
"나는 네가 점창의 별이 되기를 원한다."

사부와의 약속을 지키고
난세로 빠져드는 천하를 구하기 위해
작은 손이 검을 들었다!

박선우 新무협 판타지 소설 FANTASTIC ORIENTAL HE

풍운사일

Book Publishing CHUNGEORAM

유행이 아닌 자유추구
WWW.chungeoram.com

즐거운
인생

미더라 장편 소설

FUSION FANTASTIC STORY

A Bittersweet Life

삶의 의욕을 모두 잃은 주혁.
어느 날 녹이 슨 금속 상자를 얻는데…….

"분명 어제도 3월 6일이었는데?"

동전을 넣고 당기면 나온 숫자만큼 하루가 반복된다!

포기했던 배우의 꿈을 향해 다시금 시작된 발돋움.
눈앞에 펼쳐진 새로운 미래.

과연 그는 목표를 이루고
인생을 바꿀 수 있을 것인가!

Book Publishing CHUNGEORAM

내일을 향해 쏴라

김형석 장편 소설

FUSION FANTASTIC STORY

1만 시간의 법칙!
'성공은 1만 시간의 노력이 만든다' 는 뜻이다.

그러나…
사회복지학과 복학생 수.
전공 실습으로 나간 호스피스 병동에서
미지와 조우하다.

1만 시간의 법칙?
아니, 1분의 법칙!

**전무후무한 능력이 수에게 강림하다!
맨주먹 하나로 시작한 수의
인생역전이 시작된다!**

Book Publishing CHUNGEORAM

청소년이 아닌 자유추구~
WWW.chungeoram.com

용마검전

FANTASY FRONTIER SPIRIT

김재한 판타지 장편 소설

「폭염의 용제」, 「성운을 먹는 자」의 작가 김재한!
또다시 새로운 신화를 완성하다!

『용마검전』

사악한 용마족의 왕 아테인을 쓰러뜨리고
용마전쟁을 끝낸 용사 아젤!

그러나 그 대가로 받은 것은 죽음에 이르는 저주.
아젤은 저주를 풀기 위해 기나긴 잠에 빠져든다.

그로부터 220년 후……

긴 잠에서 깨어난 아젤이 본 것은
인간과 용마족이 더불어 살아가는 새로운 세상이었다.

Book Publishing CHUNGEORAM

연재 사이트 베스트 1위!
어디에서도 볼 수 없었던 천재 의사가 온다!

『메디컬 환생』

언제나 실패만 거듭해 온 의사 진현,
그런 그에게 찾아온 인연의 끈이 있었으니.

"다시 삶을 살면… 어떤 삶을 살고 싶으신가요?"

다시 한 번 주어진 인생
이번엔 반드시 성공하리라!

Book Publishing CHUNGEORAM